suhrkamp taschenbuch 5520

Rachel Cusk setzt ein erzählerisches Karussell in Gang und erzählt uns frappierende Episoden, die sich an den entscheidenden Punkten kreuzen und überlagern.

Plötzlich malt G verkehrt herum. Die eigene Frau zum Beispiel. Dabei macht er sie hässlich. Die Bilder werden ein Riesenerfolg.

In Paris wird eine Frau auf offener Straße von einer Unbekannten attackiert. Die Angreiferin, bevor sie flieht, dreht sich um, ihr Opfer zu betrachten, wie eine Künstlerin, die vor ihrer Leinwand steht.

Eine Mutter stirbt, und die Kinder müssen sich mit ihrem Erbe arrangieren: mit den Geschichten, die sie erzählte, mit den Rollen, die sie ihnen zuwies, mit der Art, wie sie ihnen ihre Liebe vorenthielt. Ist der Tod eine Art Freiheit?

Rachel Cusk, 1967 in Kanada geboren, hat die international gefeierte *Outline*-Trilogie, die autobiografischen Bücher *Lebenswerk* und *Danach* sowie zahlreiche weitere Romane und Sachbücher geschrieben. Sie ist Guggenheim-Stipendiatin, Trägerin des Malaparte-Preises und wurde mit dem Titel Chevalier de l'Ordre des Arts et des Lettres ausgezeichnet. Sie lebt in Paris.

Eva Bonné übersetzt Literatur aus dem Englischen, u.a. von Michael Cunningham, Anne Enright, Richard Flanagan und Lea Ypi. 2022 wurde sie mit dem Heinrich Maria Ledig-Rowohlt-Preis ausgezeichnet.

Rachel Cusk
Parade

Aus dem Englischen von
Eva Bonné

Suhrkamp

Die Originalausgabe erschien 2024 unter dem Titel
Parade
bei Farrar, Straus and Giroux, New York.

Erste Auflage 2025
suhrkamp taschenbuch 5520

Umschlaggestaltung: Nurten Zeren, Berlin,
unter Verwendung eines Fotos von Meritt Thomas/Unsplash
Druck und Bindung: CPI books GmbH, Leck
Printed in Germany
ISBN 978-3-518-47520-1

Suhrkamp Verlag GmbH
Torstraße 44, 10119 Berlin
info@suhrkamp.de
www.suhrkamp.de

Parade

Die Stuntfrau

Ab einem gewissen Punkt in seiner Laufbahn begann der Künstler G – vielleicht, weil er keine andere Möglichkeit fand, sich zeitlich und räumlich in der Geschichte zu orientieren –, auf dem Kopf zu malen. Beim ersten Hinsehen wirkten seine Bilder wie irrtümlich falsch herum aufgehängt, aber die Signatur am rechten unteren Rand verkündete unmissverständlich den Anbruch einer neuen Wirklichkeit. Gs Frau glaubte, er könnte absichtslos etwas Verstörendes über die weibliche Befindlichkeit zum Ausdruck gebracht haben, und sie fragte sich, ob es negative Konsequenzen für seinen Erfolg haben würde; doch die Kritik reagierte begeistert auf die kopfstehenden Bilder, und G wurde mit einem frischen Schwall aus Preisen und Ehrungen bedacht, die man ihm anscheinend unabhängig von dem zukommen ließ, was er gerade machte.

Sie lebten in einer waldigen Gegend fernab der Stadt, denn trotz der Anerkennung war G verletzt und wütend auf die Welt, der er nicht vergeben konnte. Sein Frühwerk war brutal kritisiert worden, und obwohl die Leute ihm versicherten, seine Fähigkeit zu schockieren sei der sicherste Beweis für sein Talent, hatte er sich von den Angriffen nie erholt. Seine Stärke lag darin, die Versuche der Vergiftung und Vernichtung nicht abzuwehren, sondern eher zu absorbieren. Er schluckte das Gift und ließ sich davon verwandeln, so dass sein Überleben kein Zeichen von Resilienz war, sondern eine langsame Kreuzigung, und am Ende war die Welt gezwungen, sich für das, was sie ihm angetan hatte, selbst zu bestrafen. Die Wälder hatten G aus einer künstlerischen Sackgasse herausgeholfen, als er sich zwischen anekdotischer Darstellungsweise und gleichgültiger Abstraktion gefangen sah. Er hatte viel Zeit damit verbracht, die örtlichen Forstarbeiter zu beobachten, und jedes Mal wenn ein Baum gefällt wurde, hatte sich ihm die Frage des Vertikalen aufgedrängt. Zunächst hatte er die Männer und die Bäume in einem Zustand der Verbundenheit gemalt, in der die Stämme und die Körper austauschbar waren. Dann hatte er gesehen, dass auch die Körper gefällt werden konnten; sie wurden auf eine vergleichbare Weise von ihren Wurzeln getrennt, auf die Seite gerollt oder in Abschnitte zerteilt. Zuletzt kam er auf die Umkehrung als Mittel, die Gewalt aufzulösen und das Prinzip der Ganzheitlichkeit wiederherzustellen. Die Welt war abermals intakt, stand aber auf dem Kopf und hatte sich damit von den Beschränkungen der Wirklichkeit befreit.

Als Gs Frau die umgedrehten Bilder zum ersten Mal sah, fühlte sie sich, als hätte jemand sie geschlagen. Das Gefühl, dass alles richtig erschien und doch grundlegend falsch war, erkannte sie auf Anhieb wieder. Dies war ihre Befindlichkeit, die Befindlichkeit ihres Geschlechts. Die Bilder machten sie unglücklich, besser gesagt hielten sie ihr ein Unglück vor Augen, das sie offenbar immer schon in sich getragen hatte. Eines der Bilder liebte sie besonders. Es zeigte schlanke Birken im Sonnenlicht, und die verrückte Ruhe und Unschuld der umgedrehten Bäume schien anzudeuten, der Irrsinn könnte eine Zuflucht sein. Wie konnte er ihr namenloses weibliches Unglück, das den Irrsinn verlockend erscheinen ließ, so gut verstehen? Anders als viele seiner Kollegen hätte man G niemals der Ausbeutung bezichtigen können; weder litt er an blinder männlicher Selbstgefälligkeit, noch hatte er sich je eine Freiheit herausgenommen, nur weil der öffentlich anerkannte Wert seines Blicks sie scheinbar legitimierte. Er hatte seiner Frau erzählt, dass er sich vor ihrem Kennenlernen oft mit Masturbation beholfen hatte. Wollte er tatsächlich eine marginalisierte Perspektive für sich beanspruchen? In dem Fall hätte er seine Männlichkeit ablegen müssen, wenn auch nur vorübergehend. Der Perspektive hatte er sich schlingernd angenähert, wie von der Seite, er war ihrer Entrechtung teilhaftig geworden und ihrer sprachlosen, fragmentierten Identität, nur mit dem Unterschied, dass er es geschafft hatte, ihr eine Stimme zu geben.

Die ersten Versuche waren großformatige Porträts in einem fließenden, ziemlich naiven Stil, die wiedererkennbare Personen aus der Gegend und aus ihrem Bekanntenkreis zeigten. Die Bilder wirkten schlicht und formell. Anscheinend wollte G eine Aussage über seine Ehrlichkeit in genau dem Moment treffen, als er die Welt umdrehte. Warum standen diese Leute kopf? Die Frage drängte sich auf, doch die Antwort schien so offensichtlich, als hätte ein Kind sie geben können, und dieserart erhellten die Bilder ein Wissen, über das ihr Publikum längst verfügte. Später ging G zu großen, detailreichen Landschaften über, in denen die Natur offensichtlich ein Hoch erlebte und ihre Kraft demonstrierte, sich von der menschlichen Gewalt zu erholen, ihren Status als Wächterin, die aus jedem neuen Morgengrauen hervorgeht und abermals im Licht steht. Die Natur badete in einer wortlosen moralischen Fülle, unschuldig und nichts von der erfolgten Umkehrung ahnend, und dieser Faktor der Unschuld oder der Ignoranz war es, der die Gegenständlichkeit des Gemäldes von dem löste, was als sein Gegenstand erschien.

Die Frage, ob G wirklich eine auf den Kopf gestellte Welt abgemalt oder die Bilder nach dem Malen einfach umgedreht und signiert hatte, wurde erstaunlicherweise beschwiegen. Das erste Szenario hätte eine erhebliche technische Herausforderung bedeutet, das zweite wäre ein absurder Scherz, der sich binnen Minuten abhandeln ließe. Dennoch wurde G nie öffentlich dazu befragt, und in den vielen akademischen Texten über die radikale Entwicklung seines Werks wurde sie unterschlagen. Manchmal sprachen die Leute Gs Frau unter vier Augen darauf an, als könnten sie nur ihr gegenüber das Risiko eingehen, ihre Dummheit auszustellen. In solchen Momenten fühlte sie sich als Sammelstelle für Schwäche benutzt. Sie ärgerte sich nicht darüber, weil sie auf diese Weise sehr viel mehr erfuhr; aber dass sich eine solche Verwirrung um die Wahrheit durch einmütiges Stillschweigen verschleiern ließ, sagte in ihren Augen etwas aus, und zwar nicht nur über die Kunst. Vermutlich würde auf diese Weise alles Edle irgendwann zerstört. Wahrscheinlich hätte G ihr aus vollem Herzen beigepflichtet, in der Tat bemerkte sie, dass er sich seit Kurzem offen und von sich aus über seine Technik äußerte und die Schwierigkeiten des umgekehrten Malens erklärte, welche sich nur durch die Verwendung von Fotografien lösen ließen. Später verwarf er das Medium wieder, seine Bilder wurden noch größer und zudem traumgleicher und abstrakter. Jedenfalls war die Frage, was ein Mensch eigentlich sei, noch nie so unbeantwortbar erschienen. Oft malte er einen Mann, der allein auf einem Bett saß – die besudelte, ozeanische Leere des Lakens, und irgendwo am oberen Bildrand kauerte der kleine, gepeinigte Mann.

G war der Meinung, Frauen könnten nicht malen. Gs Frau glaubte, dass die meisten Leute so dachten, nur war er leider der Einzige, der es aussprach. Sie fragte sich, ob ihre unerschöpfliche Loyalität und ihre fortwährende Präsenz an seiner Seite ihn überhaupt erst zu dieser Sichtweise verleitet hatten. Ohne sie wäre er vielleicht immer noch ein Künstler, aber nicht wirklich ein Mann. Er hätte kein Zuhause, keine Kinder und keine Lebensumstände, in denen Raum für schöpferische Selbstvergessenheit bliebe, besser gesagt hätte seine Selbstvergessenheit ihn bald umgebracht. Sie überlegte sich, dass er damit eigentlich nur zum Ausdruck bringen wollte, Frauen könnten keine Künstlerinnen sein, solange Männer Künstler waren. Einmal war sie zugegen, als eine Romanautorin ihn im Atelier besuchte. Die umgedrehten Bilder hatten die Autorin getroffen wie ein Blitzschlag, ähnlich wie Gs Frau zuvor. Ich möchte auf dem Kopf schreiben, rief die Besucherin merklich ergriffen. G fand die Aussage natürlich absurd, aber seine Frau freute sich insgeheim, hatte sie doch den Eindruck, dass die von G auf so brillante Weise erhellte Wirklichkeit, die bis auf die komplette Umkehrung der moralischen Wucht in jeder Hinsicht mit ihrem Zwilling identisch war, dem Rätsel und der Tragödie ihres Geschlechts so nah kam wie nichts anderes. Der Tonfall der Romanautorin schien etwas zu beklagen, eine Ungerechtigkeit vielleicht, als wäre sie sich zum ersten Mal einer Aneignung bewusst geworden. G war nicht der erste Mann, der Frauen besser beschrieb, als Frauen es zu können schienen.

Die Dame hatte uns aufgefordert zu gehen, weil sie die Wohnung plötzlich brauchte. Der Wunsch duldete keinen Aufschub – wir wussten zwar nicht wohin, sollten aber sofort verschwinden. Wir hatten über ein Jahr lang in der Wohnung gelebt; beim Umzug in die fremde Stadt hatten ihre Wände uns Schutz geboten. Wir fühlten uns dort sicher, im obersten Stock, wo wir die Fenster öffnen und auf die Straße hinunterblicken konnten, ohne selbst gesehen zu werden. Nach unserem Auszug rief die Dame uns manchmal aus heiterem Himmel an und fragte, wie es uns ergehe. Sie legte Wert darauf, beiläufig und freundlich zu klingen, aber die Anrufe an sich sprachen von Schuld.

In der Wohnung hatte ein kunstvoll vergoldeter Spiegel gehangen. Er war so riesig, dass er Davorstehende nicht in der Bildmitte wiedergab, sondern als Teil einer größeren Szene. Hineinzublicken bedeutete, sich im Verhältnis zu anderen Dingen zu sehen. Der Verlust dieses Spiegels kam dem Verlust eines Kompasses oder Ortungspunktes gleich. Es war überraschend, welch tiefes Orientierungsgefühl er uns vermittelt hatte. Manchmal genügt eine kleine Veränderung, um eine große Struktur zum Einsturz zu bringen, und genau so verhielt es sich mit der Wohnung. Nach unserem Auszug kam es zu einer Reihe von Vorfällen, deren Wurzel, wenn man sie freilegte, für gewöhnlich dort zu finden war. Wir hörten, die Frau habe die Wohnung bald schon wieder verlassen. Sie war davon enttäuscht gewesen und an ihre frühere Adresse zurückgekehrt, und nun standen die Zimmer leer. Vielleicht hatte die Dame ein Bild von ihrem alten Leben in der Wohnung gepflegt, das sie aus ihrem neuen, das anderswo stattfand, vertrieben hatte. Aber als sie in die Wohnung kam, war ihr altes Leben nicht mehr da. Das alte Leben war zu dem neuen geworden, welches sie längst führte.

Mehrere Wochen lang zogen wir von einer Unterkunft in die andere, ohne je unsere Koffer auszupacken. Wir waren weder mit der Stadt vertraut noch mit dem Land oder der Sprache. Die Wohnung war unser Boot gewesen, aber nun hatte man uns auf dem offenen Meer ausgesetzt. Die Dame hatte ihre Sachen dort gelassen, und zwischen Objekten zu leben, auf die meine Wahl niemals gefallen wäre, hatte mir ein starkes Gefühl von Sicherheit gegeben. Ich fand nicht nur die Befreiung von meinem Geschmack und meinen Vorlieben beruhigend, sondern auch die Versenkung in das Empfinden einer anderen Person. Ich brauchte mich nicht einmal zu fragen, warum ich so gern in einer

Welt lebte, die ein anderer Mensch erschaffen hatte. In den nachfolgenden Unterkünften wurde diese Art von Hingabe allerdinge zur Belastung. Wir verbrachten eine längere Zeit in einer kleinen, gesichtslosen Wohnung, über der jemand die ganze Nacht pausenlos mit schnellen Schritten hin und her lief. Nach einer Weile erschien mir die Unruhe dieses ungesehenen Fremden wie meine eigene; ich hatte sie ein Jahr lang unterdrückt, aber nun machte sie sich bemerkbar. Der einzige Spiegel war ein Rechteck über dem Waschbecken im Badezimmer und die Wohnungstür war durch eine Reihe schwerer Stahlschlösser gesichert, als wäre das Konzept der Individualität hier begrenzt und bedroht.

In der Nähe gab es einen Park mit einem hohen Kirschbaum. Die riesigen Äste waren so alt und schwer, dass sie rings um den Stamm den Boden berührten. Im plötzlichen Sonnenlicht des vorzeitigen Frühlings schlug der Baum aus und sonderte einen verblüffend weißen Schaum aus Blüten ab wie eine enorme, sich brechende Welle. Die Blüten schlossen sich zu einem Hochzeitsbaldachin zusammen, der sich im Wind wellte und kräuselte. Er war so breit, dass er eine Art Unterschlupf bildete, ein Zelt um den hohen, knorrigen Stamm. Ich musste oft an das Zuhause denken, das wir verlassen hatten – unser eigenes Zuhause, verlassen aus freien Stücken.

Wir bezogen eine weitere Übergangswohnung und dann noch eine. Wir verbrachten ein paar Tage in einer Unterkunft mit kaputtem Boiler, in der wir den Mantel nicht ausziehen konnten. Regen und eisige Graupelschauer stürzten vom Himmel wie eine Reprise des Winters. Ich dachte an den Kirschbaum im Park, der so früh angefangen hatte zu blühen. Draußen schliefen Menschen zusammengekrümmt in Hauseingängen, unter Brücken und Überführungen, manche hatten Zelte auf dem Pflaster aufgeschlagen. Die Leute gingen an diesem Vorwurf an ihre Subjektivität unverhohlen gleichgültig vorbei. Wir, die Außenseiter in der selbst verschuldeten Vorhölle, nahmen den Vorwurf möglicherweise anders wahr. In unserer alten Heimat schliefen ebenfalls Menschen in Hauseingängen, aber hier brauchten wir länger, um sie zu vergessen.

Wir zogen von einer Wohnung in die andere, bis es endgültig Frühling wurde, die Bäume wieder belaubt waren und die Straßen belebt. Wenn wir im grellen, frischen Sonnenlicht durch die Stadt liefen, konnten wir das Element der Freiheit in unserer Entwurzelung immer wieder spüren. Wir hatten endlich eine Bleibe gefunden, eine eigene Wohnung, die in wenigen Wochen bezugsfertig sein würde. Mit diesem sicheren Hafen in Sicht kamen unsere wahren Gefühle, inzwischen vom Gewicht der Erfahrung beschwert, deutlicher zum Vorschein. Uns war eine gewisse Frische abhandengekommen, Unschuld vielleicht oder einfach nur Ignoranz. Wir hatten uns das Leben hier in dieser Stadt bildlich vorgestellt, und dann hatten wir uns darangemacht, das Bild in die Realität umzusetzen, aber die Rolle, die unsere Vorstellung bei diesem Prozess spielte, blieb unklar. Anscheinend entblößte sie etwas bis dahin Unbekanntes über unser Verhältnis zur Wirklichkeit selbst. In Zeiten, wenn sich das eine nicht mit dem anderen verbinden ließ oder sich bei der Umsetzung unserer Pläne ein Mangel an Logik oder eine falsche Reihenfolge offenbarte, blitzte die Kehrseite unserer Vorstellung vor uns auf wie eine Totenmaske.

Eines Morgens ging ich durch eine stille, sonnige Straße, wo Leute an Tischen auf dem Gehweg saßen und Kaffee tranken, als ich von einer Fremden angegriffen wurde. Sie schlug mir mit Wucht gegen den Kopf. Die Angreiferin war verwirrt von Wahnsinn oder Drogen, aber die Tatsache ihres Geschlechts warf Probleme auf – für meine spätere Schilderung des Vorfalls ebenso wie für meine Reaktion in dem Moment. Ich hatte sie weder herankommen sehen, noch war ich auf den Schlag gefasst gewesen, nach dem ich mich blutend, auf Händen und Knien und ohne jedes Wissen über das, was passiert war, auf der Straße wiederfand. Sofort sammelte sich eine Menge. Die Leute sprangen auf, riefen und gestikulierten. In dem Durcheinander entfernte sich die Frau. Die Umstehenden zeigten in ihre Richtung: Sie war an der Ecke stehen geblieben und hatte sich umgedreht wie eine Künstlerin, die einen Schritt zurücktritt und ihr Werk bewundert. Dann schüttelte sie die erhobene Faust und verschwand.

In der darauffolgenden Zeit hatte ich den Eindruck, ermordet worden zu sein und dennoch am Leben. Ich merkte, dass sich dieser Tod-im-Leben mit anderen Ereignissen und Erfahrungen in Verbindung bringen ließ, die sich größtenteils aus meiner biologischen Weiblichkeit ergaben. Wie ich jetzt sah, hatte ich meine weibliche Erfahrung für gewöhnlich einem alternativen oder doppelten Selbst zugeschrieben, dessen Aufgabe es war, sie zu absorbieren und einzuhegen, damit sie in der fortlaufenden Geschichte des Lebens keine Rolle spielte. Einer Stuntfrau gleich nahm dieses Selbst bei der Gestaltung einer fiktiven Person, deren vermeintliche Identitätsgrundlage es war, Gefahren ausgeliefert zu sein, alle Risiken auf sich. Obwohl dieses Selbst keinen Namen und keine eigene Identität hatte, erschuf es die Möglichkeiten der Person ebenso wie ihre Künstlichkeit. Doch die Gewalt und die Plötzlichkeit des Vorfalls hatten meine Stuntfrau kalt erwischt.

Selbst nach dem Umzug in die neue Wohnung konnte ich das Geschehene nicht vergessen oder verarbeiten. Der reine Kummer, den ich fühlte, schien sich aus dem Bewusstsein einer umfassenden Niederlage zu speisen, und der Vorfall hatte den letzten, entscheidenden Hieb dazu beigetragen. Der Angriff selbst, der in meiner Erinnerung existierte und gleichzeitig außerhalb davon, war unverdaulich; er steckte mir im Hals und ließ sich weder herunterschlucken noch ausspucken. Vor meinem geistigen Auge liefen die Sekunden wieder und wieder ab, als wären sie gefangen und könnten keinen Ausweg finden. Die Frage, wer meine Angreiferin war, warum sie mich geschlagen hatte und was sie in mir gesehen und zu brechen versucht hatte, wich allmählich der Erkenntnis, dass ich nichts anderes erlebte als den Sieg der Gewalt über die Darstellbarkeit.

Als die Dame das nächste Mal anrief, hatte ich eine perverse Freude daran, ihr von dem Vorfall zu erzählen. Wie schrecklich!, kreischte sie. Sie beendete das Telefonat früher als üblich. Ich vermutete, wir würden nicht wieder von ihr hören.

G beschloss, seine Frau auf beinahe klassische Weise zu malen: als Akt. Doch die Bilder gerieten düster und chaotisch, denn statt ihn von der Subjektivität zu befreien, schien die Umkehrung nur ein Unbehagen zu enthüllen, einen kristallisierten Hass, der seine Frau ebenso zum Objekt machte wie auslöschte. Sie war nicht zu sehen, wenigstens nicht durch seine Augen; die Brutalität ihres Vertrags, des Vertrags der Ehe, wallte auf und zertrümmerte die Wahrnehmungsebene. Dass aus den kopfstehenden Bildern Gewalt sickerte, war nicht ungewöhnlich, doch G kannte diese Gewalt und hatte sie im Griff. Er hatte sie geerbt, konnte auf sie reagieren, fiel ihr gelegentlich zum Opfer. Er wünschte nur, nicht zu dieser Gewalt zu werden.

G und seine Frau besuchten Gs Vater, der draußen auf dem platten Land in einem kleinen, stickigen Altenheimzimmer wohnte. Gründe für einen Besuch waren nur schwer zu finden, denn das Altenheim lag abseits aller Orte, die G und seine Frau hätten bereisen wollen; es lag nicht einmal auf dem Weg. Früher hatte der Vater G auf eine Weise beherrscht, die vom Schicksal nicht zu unterscheiden war. Es hatte Jahre gegeben, in denen G und der Vater nicht miteinander sprachen, eine Entfremdung, für die der Vater allein G verantwortlich machte und mit der er selbst offenbar völlig zufrieden war. Dieser Mangel an Reue quälte G mehr als alles andere. Manche Menschen finden angesichts des nahen Todes Erlösung, denn er wirft ein Licht auf die Wahrheit. G hatte seinen Vater für unsterblich gehalten, weil er nicht erlöst werden konnte. Aber dann eines Tages hatte der Vater ihn in das stickige Zimmer draußen auf dem Land bestellt; anscheinend würde er also doch sterben. Insgeheim fürchtete G sich vor dem Besuch. Er hielt es für denkbar, dass der Vater ihn tötete, dass er ihn auslöschte, wie er ihn einst erschaffen hatte. Da sagte Gs Frau, sie werde ihn begleiten. Dass die eheliche Liebe auch eine Versicherung war, überraschte G, und er hätte nie geglaubt, sie in Anspruch nehmen zu müssen. Jetzt begleitete seine Frau ihn jedes Mal.

Der Vater stand mit gerötetem Gesicht am Fenster und blickte auf eine kleine, runde Rasenfläche, eine Auffahrt und eine gewundene Straße hinaus, die zwischen flachen Feldern verlief und vor dem Gebäude endete. In der Mitte der runden Rasenfläche stand eine Trauerweide. Als der Vater die beiden sah, wich er vom Fenster zurück. Die Wintersonne malte harte, geometrische Formen auf das Glas, so dass sein wütend rotes Gesicht ausgesehen hatte wie in einem Muster gefangen. Aber nun war es weg, die Fensterscheibe glänzte leer. Später, während des Besuchs, kehrte der Vater mehrmals ans Fenster zurück und sah hinaus. Anscheinend wurde er von einem territorialen Instinkt getrieben, der zugleich ein zwanghaftes Erinnern war; vielleicht musste er die Last seiner Erinnerungen ans Fenster tragen und feilbieten.

Das Zimmer lag im zweiten Stock. Der dicke, beigefarbene Teppichboden dünstete einen Geruch nach Chemikalien aus, in den sich der leicht ranzige Geruch des hohen Alters mischte. Der Tag vor dem Fenster war windstill und unbewegt, im Zentrum der starren Szene ragte die kahle Weide auf. Von oben betrachtet stand sie in der Lache ihres eigenen Laubs. Das harte Winterlicht flutete das überheizte Zimmer. Der Vater saß in einem zum Fenster ausgerichteten Ledersessel. Der Fernseher befand sich in der Ecke, aber der Sessel war umgedreht worden. Der Vater sah nicht fern. Neben dem Sessel stand ein Beistelltisch aus lackiertem Holz, darauf lag eine zusammengefaltete Zeitung. Ein graues Hemd hüllte den geschrumpften Torso des Vaters ein und verschwand im Bund seiner gegürteten Cordhose. Die Kleider hingen an ihm herab, aber sein Körper hatte immer noch etwas Zähes. Der staunende Ausdruck in seinem Gesicht änderte sich nie. In der Vergangenheit war er an gewissen Übeln beteiligt gewesen, von denen G nur teilweise wusste, aber was er alles zu G gesagt hatte, war in Gs Gedächtnis unverändert bewahrt. Es verblasste oder veränderte sich nie, wohingegen der Vater sich veränderte, weil die Zeit an ihm nagte. Gs wachsende Bereitschaft, dem Vater seine Worte zu verzeihen, war ebenso eine Bereitschaft, ihm seine Taten zu verzeihen, wenngleich Erstere auf dem Terrain der persönlichen Erinnerung lagen und Letztere im Staatsarchiv. G hatte es nie geschafft, sie voneinander zu trennen, aber beide erfüllten ihn mit einer solchen Finsternis, dass er sie instinktiv herausreißen und unbesehen von sich schleudern wollte.

Gs Frau stand an der kleinen Küchenzeile am anderen Ende des Zimmers und kochte schweigend Kaffee. Dort war es dunkler, und zwischen den Diagonalen aus einfallendem Tageslicht nahm ihre Gestalt einen seltsamen Schimmer an. Die Wintersonne stand tief, die versteinernden Geraden aus Weiß trafen auf Schränke und Wände und zeichneten Zebrastreifen auf Gs Frau. Plötzlich war in dem bedrückenden Zimmer dieselbe Distanziertheit zu spüren, wie sie G schon beim Malen der Aktbilder empfunden hatte. Die unvollständige, deformierte Freiheit seiner Frau hatte auf ihn eine lähmende Wirkung. Sie war nur wenige Meter entfernt, trotzdem konnte er sie weder benutzen noch loswerden; ihretwegen war er nicht frei, er selbst zu sein. Was ihn lähmte, war ihre unentwickelte Gleichwertigkeit. Sie war weder das reine Objekt seiner Begierde, noch war sie eine ebenbürtige Rivalin. Stattdessen begleitete sie ihn nur; sie hatte sich wenige Schritte neben ihm im Reich der Schwäche, der Bedürftigkeit und der häuslichen Pflichten eingerichtet. Dennoch konnte man sie begehren; der Vater beispielsweise beobachtete mit glänzenden Augen, wie sie ihren Körper durch die liebkosenden Streifen aus Licht und Dunkel schob. Warum setzte sie ihre Macht nicht richtig ein, auf die eine oder andere Weise? Wenn G versuchte, sie zu sehen, sah er nur seinen Effekt auf sie, mit anderen Worten sich selbst. Ein anderer Mann hätte etwas anderes gesehen, und wie er nun merkte, hielt er genau das nicht aus. Dass sie sich der Macht seines Blicks entziehen und für alle anderen sichtbar bleiben konnte, erschien ihm unerträglich. Wenn er sie betrachtete, sah er nur sein sexuelles Versagen als Tier, ein durch die Einmischung von Gesellschaft und Zivilisation verursachtes Versagen, das sich auf den Mut und die Fähigkeiten des Körpers auswirkte. Vielleicht hatten Männer immer schon Akte gemalt, wie sie Gewalttaten begingen: um zu beweisen, dass ihr Mut nicht durch Moral und Bedürftigkeit beschädigt worden war.

Der Vater sprach in einem leiernden Tonfall, den er sich im fortgeschrittenen Alter angeeignet hatte, dem flachen, gefühllosen Ton der Einsamkeit. Wenn Gs Frau ihm eine einfache Frage stellte, konnte die Antwort eine Viertelstunde dauern, in der er die Stimme weder hob noch senkte, sondern gleichmäßig über die Dinge legte und sie damit nivellierte, wie ein Panzer aus einem Schlachtfeld langsam und stetig eine flache, staubige Ebene macht. Der Akzent seiner Heimatregion hatte während all der kraftvollen Erwachsenenjahre in ihm geschlummert, und nun kroch er in seine Stimme zurück. G meinte, aus dem Akzent ein geschichtliches Problem herauszuhören, gab dieser doch heimtückisch ein finsteres Erbe an jede arglose Generation von Nachfolgenden weiter. Gs Frau brachte den Kaffee und stellte ihn auf dem niedrigen Tisch ab, dann setzte sie sich neben G auf das kleine, harte Sofa. Bedeutete ihre prekäre Freiheit, dass sie von der Geschichte und der Verantwortung für die Vergangenheit befreit war? Welcher Teil ihres Erbes band sie an das fortlaufende Narrativ der Zeit? Der Vater betrachtete sie, wie sie dort Seite an Seite saßen. Nebeneinander auf dem Sofa ergaben G und seine Frau jetzt ein Bild, das eine eigene Geschichte erzählte und leicht zu deuten war, anders als das Bild eine Minute zuvor, das Gs Frau als gestreiftes Wildtier vor einem Küchenschrank gezeigt hatte. Dort auf dem Sofa trat ihre mangelhafte Selbstverwirklichung – ihr mangelndes Bemühen quasi – ebenso deutlich hervor wie sein verkrüppelter Mut. Es war das Fundament der von G entdeckten Umkehrung. Die Wirklichkeit würde immer besser sein als jeder Versuch ihrer Darstellung, und die Macht der Wahrheit, die allein in der Wahrnehmung lag, war unabhängig von allen Versuchen. G war sehr erleichtert. Morgen, wenn sie wieder zu Hause waren, würde er ein neues Bild anfangen.

Nachdem ich geschlagen worden war, hatte ich wochenlang das Bedürfnis, meinerseits zu schlagen. Die Gewalt erschien mir wie ein Gegenstand, den ich erhalten hatte und nun weitergeben musste. Ich würde mehr oder weniger genau das weitergeben, was ich bekommen hatte – einen unerwarteten Schlag auf offener Straße. Die Tatsache, dass er einen Umweg über mich genommen hatte, würde ihn in keiner Weise verändern. Der einzige Unterschied bestand darin, dass ich weder ein Gespür für noch ein Interesse an den Folgen einer solchen Tat hatte. Ich erinnerte mich daran, wie die Angreiferin sich in sicherem Abstand umgedreht und ihr Werk betrachtet hatte.

Über das Wochenende besuchten wir eine andere Stadt, wo wir uns eine Ausstellung mit Arbeiten der Bildhauerin G ansahen. Die Ausstellung nahm das gesamte Obergeschoss eines renommierten Museums ein. Die Säle erreichte man über eine breite Galerie, die in der Mitte des Gebäudes um ein hohes Atrium verlief. Vom Glasdach stürzten Kaskaden aus Licht auf den Marmorboden weit unter uns. Hinter den geöffneten Eingangstüren, vor denen Angestellte saßen und Tickets kontrollierten, befand sich eines von Gs riesigen Stoffgebilden, das frei von der Decke baumelte, eine menschliche Gestalt ohne Identität oder Gesichtszüge. Das schwebende Wesen war geschlechtslos, in den Zustand einer ursprünglichen Unschuld zurückversetzt, der auch tragisch wirkte, als könnten auch wir im Traumzustand der Schwebe von der Gewalt der Geschlechtlichkeit reingewaschen werden, freigesprochen von seinen Verfehlungen, seinen Ungerechtigkeiten und dem teuflischen Drängeln, mit dem es die Geschichte des Lebens vorantrieb. Anscheinend lag es in der Macht von Gs Weiblichkeit, dem menschlichen Körper das Geschlecht zu nehmen.

Seit dem Angriff hatte eine Krankheit von mir Besitz ergriffen, körperlich wie geistig. Die Grenzen des Möglichen hatten sich verschoben, und nun erschien mir die Welt wie ein anderer Ort. Die Eigenschaften hatten sich umgekehrt; das Ich mit seinen Sorgen war verkleinert und ohnmächtig, die Außenwelt mit ihren lauernden Gefahren und ihrer Unordnung stark vergrößert. Ich konnte sehen, wie andere Menschen unbeschwert durch den Tag gingen und sich gar nicht bewusst machten, was ihnen jederzeit zustoßen konnte. Möglicherweise entstammte mein Wunsch zu schlagen einem Impuls, sie aus ihrer Trance zu wecken. Zum ersten Mal seit Jahren dachte ich über die Gewalt der Geburt nach, die mich wie durch einen Spiegel in ein rohes, animalisches Reich ohne Worte befördert hatte. Ich erkannte, dass ein Teil von mir dort zurückgeblieben war, jener Teil, den die Stuntfrau übernahm. Doch nun war meine Stuntfrau aus der Dunkelheit herausgetreten. Wo der Körper ein Objekt war und wie ein Objekt behandelt werden konnte, gewann die Stuntfrau eine neue Autorität. Sie war es, nicht ich, die jetzt in meiner Verkleidung herumlief.

Ja, natürlich, hatte ich gedacht, als ich nach der Erschütterung zu mir kam, mich in blindem Schmerz am Boden wiederfand und nicht wusste, warum. Ich hatte reflexhaft versucht, mich zu orientieren, ähnlich wie ein Mensch, der bei Dunkelheit in einem fremden Zimmer aufwacht – als hätte sich die Welt in einem unbeobachteten Moment auf den Kopf gestellt und als wäre es nun die Aufgabe des Bewusstseins, alles wieder geradezurücken. Diese schreckliche Anstrengung, die Verantwortung, sich in Zeit und Raum zu verorten und Logik auf die eigene Lage anzuwenden, war unglaublich erbärmlich. Eine Menge hatte sich versammelt, und in den Sekunden, bevor die Leute handelten, schienen sie mich zu betrachten wie ein Bild in einem Museum. Sie warteten auf meine Reaktion; sie brauchten darstellendes Verhalten, um sich selbst verhalten zu können. Ihr Instinkt riet ihnen, die Gewalt zu leugnen oder so zu tun, als hätten sie sie nicht gesehen. Nun war es meine Aufgabe, ihr einen Platz in der Wirklichkeit zuzuweisen. Ich fragte mich, ob mich vielleicht ein Auto angefahren hatte oder ob von einem der Gebäude ein schwerer Gegenstand heruntergefallen war; aber wir befanden uns in einer Fußgängerstraße und auf dem sauberen Pflaster lag nichts herum. Dann fiel mir die Frau wieder ein, die ich vor dem Wechseln der Straßenseite flüchtig gesehen hatte. Sie hatte weiter vorn neben einer provisorischen Absperrung gestanden. Ich hatte ihre Erscheinung kurz wahrgenommen und mich instinktiv abgewendet, aus Höflichkeit und wie um sie nicht zu stören, und bei der Erinnerung dachte ich: *Ja, natürlich.*

Glaubte ich, von einer Frau geschlagen zu werden, könnte, anders als von einem Mann geschlagen zu werden, meine Schuld sein? Dem Schlag eines Mannes hätte ich keine Bedeutung zuschreiben können, ich hätte niemals einen Grund dafür gefunden, aber Bedeutung zuzuschreiben war jetzt meine Pflicht, so wie es meine Pflicht war, vom Pflaster aufzustehen. Warum ergab es Sinn, wenn eine Frau mich schlug? Es war, als hätte sich eine der weiblichen Identität zugrunde liegende Gewalt erhoben und zugeschlagen. Der Angriff auf mich, der seinen Ursprung in mir selbst hatte, fiel in die Zuständigkeit der Stuntfrau, doch nun hatte die Stuntfrau eine menschliche

Gestalt angenommen. In der Ausstellung begegnete ich unterschiedlichen Spiegelungen dieses Gedankens, dort im verschwommenen, erhabenen Licht der luftigen, stillen Säle. Weil sie ineinander übergingen, fühlte man sich immer tiefer in Gs geheime Welt hineingezogen, wo das Erschaffen von Kunst einen ebenso kindlichen wie wilden Bezug zum Leben hatte. Sinn und Wahnsinn waren hier keine Gegensätze, sondern zwei Gesichter einer belebten Materie, der Punkt, ab dem ein vorhandenes Bewusstsein die vorhandene Substanz, den Körper, nicht weiter herunterbrechen kann. Die im Wahnsinn verwurzelte Kunst verwandelt sich durch diesen Prozess in Sinn; wahnsinnig ist nur die Materie, der Körper.

In einer Vitrine kopulierten zwei kopflose Strickpuppen. Der von Instinkt und Bedürfnis blindlings getriebene Körper hat kein Bewusstsein von seiner Absurdität. Daneben lag eine Reihe kleiner Stofffiguren, deren Lenden durch gestrickte Schnüre mit rosa Babypuppen verbunden waren. Hier und dort erhob sich Gs Markenzeichen, die riesige, schwarze Spinnenskulptur auf stilettodünnen Füßen. Ihr Wahnsinn glich dem speziellen Wahnsinn des weiblichen Körpers. Der Körper, scheußlich, bescheiden und unablässig produktiv, verdammt die Spinne zur Nützlichkeit. Die Skulpturen waren eine Gegenproduktion: Durch künstlerische Metamorphose wurden die hässlichen Tiere zu einem Symbol. Sie stellten alles dar, was im Weiblichen verleugnet und unterdrückt wird, alles, was in der Dunkelheit jenseits der vulkanischen Verwandlungszyklen pausenlos vor sich geht und dennoch unbekannt bleibt.

Die Ausstellung war ein Mahnmal aus Garn und Stoff, eine gestrickte Kathedrale. Wie könnte man des weiblichen Geschlechts in Stein gedenken? Seine Basis ist Wiederholung ohne Permanenz. Seine Elemente sind nicht von Dauer und doch ewig in ihrer Wiederkehr, wie die Gewalt. Dieser Gedanke warf Licht auf den Keim der Kreativität, der sich im Schlag meiner Angreiferin verbarg. Während ich mit einer Polizistin am Tisch saß – sie hatte mich zu einem der Stühle auf dem Gehweg geführt –, kam die Inhaberin des Cafés heraus und brachte mir ein Glas Wasser. Sie war mitfühlend und freundlich und bedauerte die Anzahl von Verrückten auf der Straße, von Geisteskranken und Süchtigen. Sie erzählte, meine Angreiferin halte sich seit drei Tagen an der Ecke auf; erst gestern Nachmittag habe sie eine Frau geschlagen, an genau derselben Stelle und auf genau dieselbe Weise wie mich. Das rechteckige, von provisorischen Geländern abgetrennte Stück Pflaster war also das Atelier meiner Angreiferin, dort arbeitete sie an etwas, und es richtig hinzubekommen, erforderte mehrere Anläufe. Ihr Handeln erschien sinnlos, offenbar war es verrückt, und doch fand ich es vollkommen verständlich.

Als wir die Ausstellung verließen, begegneten wir erschreckten Angestellten, die den Weg zur Treppe versperrten. Leute liefen hin und her, manche erhoben die Stimme. Das Museum musste evakuiert werden; die Haupttreppe wurde geschlossen und die Besuchermenge zu den Notausgängen geleitet. Draußen standen wir im trüben Sonnenlicht auf der Treppe. Vor dem Museum parkte ein Krankenwagen, Sanitäter eilten hin und her. Jemand erzählte uns, ein Mann habe sich vor den Türen der Ausstellung hinabgestürzt und sei auf dem Marmorboden des Atriums zu Tode gekommen. Eine Gruppe von Sanitätern kam heraus und trug den Leichnam auf einer Bahre an uns vorbei. Der Leichnam war mit einer blauen Plane abgedeckt. Als der Mann vorbeigetragen wurde, schien er auf schockierende Weise frei zu sein. Er war zu einer Form geworden, jetzt schon abstrahiert durch das steife, blaue Leichentuch.

Gs Frau hat Magenschmerzen und Rückenschmerzen, wenn sie zu schnell aufsteht auch einen stechenden Schmerz in der Hüfte. Manchmal hält sie morgens die Kaffeetasse in zitternden Händen. Die Beschwerden des Körpers nimmt sie gnädig und ohne Bestürzung zur Kenntnis. Sie zwingt sich jeden Tag zu flotten Spaziergängen durch die Felder und Wälder der Gegend, besucht Sportkurse, ernährt sich bewusst und gönnt sich, was wärmend und erbaulich ist – ein heißes Bad, Ruhe am Nachmittag. Oft begleitet sie G in den Süden und absorbiert dort das strahlende Sonnenlicht, Gerüche und die Berührungen des Meerwassers, bis sie selbst leuchtet. Mit einer Mischung aus Willenskraft und Selbstfürsorge kommt ihr Körper durch den Tag. In ihrer Gesamtheit bilden die Tage eine geheime Geschichte, eine Art Chronik. Sobald Gs Frau unbeobachtet ist, widmet sie sich eine kontinuierliche Aufmerksamkeit, die auf einen größeren Mangel an Bedeutung hinweist. Ihre Kinder sind inzwischen erwachsen, und auf die Zeit mit ihnen blickt sie mit erschöpftem Staunen zurück, wie ein pensionierter General, der sich an vergangene Schlachten erinnert. Sie ist weiterhin eine Frau, ein Umstand, der neuerdings aber auf Zurückhaltung oder Widerstand stößt. Statt aufzublühen und sich zur Schau zu stellen, scheint sich ihre Weiblichkeit in sich selbst zurückzuziehen. Ihr Körper stellt keine Gefahr mehr dar.

Seit Langem hat sie das Gefühl, Gs Wissen über sie auszuweichen. Irgendeine Unfähigkeit, womöglich auch Güte oder Rücksicht, hielt ihn davon ab, sie ganz zu kennen. Sie entging der Inbesitznahme und sehnte sich zugleich danach, von ihm besessen zu werden. Dass er sie nicht besitzen konnte, war anscheinend immer ihre Schuld, als fehlte es ihr an Fraulichkeit. Aber was er unter Besitznahme verstand, war nicht, was sie sich vorgestellt hatte. Es war nicht einfach, mit jemandem zusammenzuleben, der in allem, was er erblickte, so viel sah. Sein Blick hätte in der Lage sein sollen, sie mühelos zu verschlingen. Dass er es nicht tat, dass G sie nicht verschlingen konnte oder wollte, kam einer Zurückweisung gleich, als hätte er sie an den Tellerrand geschoben. In ihrer Empörung entzog sie sich ihm schweigend, und die Aktbilder waren gewissermaßen ein Zeugnis dieser Schlacht. Ihre in seinen Augen so destruktive Abwendung schwärzte den Raum zwischen ihnen. Sie selbst wurde befleckt, geschwärzt, mit Argwohn betrachtet. Dennoch war selbst dort in den Bildern die Linie zu erkennen, die er nicht überschreiten würde. Manchmal lag seine Frau schlaftrunken neben ihm im Bett und sehnte sich nach der Beschreibung, die er ihr verweigerte. Solange sie immer noch eine Gefahr darstellte, ein Risiko, würde er sie nicht beschreiben.

Sein Vorschlag eines Doppelporträts beunruhigte sie zunächst nicht, ganz im Gegenteil; endlich schien sich ein Ausweg aus der Sackgasse zu bieten. G stellte sich vor, sie nebeneinander zu zeigen, auf einem Sofa beispielsweise. Sie war neugierig zu sehen, wie er sich selbst sah, wenn er dort neben ihr saß. Sie hatte geglaubt, die neue Entwicklung gehe auf seinen Wunsch nach mehr Ehrlichkeit zurück, und in dieser Annahme hatte sie neben ihm auf dem Sofa Platz genommen. Aber wie sich herausstellte, war ihm gar nicht klar, was er ihr mit den Aktbildern angetan hatte. Er wusste nicht, dass sie bestohlen worden war. Er hatte sie hässlich gemacht und ahnte nicht, wie sehr es sie kränkte und schmerzte, als hässlich betrachtet zu werden, wo er doch der einzige Mensch war, von dem man hätte behaupten können, er sei verpflichtet, ihre Schönheit zu finden. Das Doppelporträt zeigte das in strahlendes Morgenlicht getauchte Wohnzimmer. Die Tapete war mit einem blau-weißen Blumenmuster bedruckt; sie hatte die Blumen womöglich nie richtig wahrgenommen, bis sie sie umgedreht sah und ihre verstörend hartnäckige Lebendigkeit bemerkte. Die Einrichtung war schon ein bisschen älter und das Zimmer auf eine lässige Weise unaufgeräumt, die Sofakissen waren zerknittert. Die Sonne schien dem Raum Energie abzuziehen, obwohl sie ihn erhellte, die hohen Fenster im Hintergrund waren blickdicht vor Licht. Im Mittelpunkt der auf den Kopf gestellten Szene saß ein zweiköpfiges Monster, G und seine Frau, so zerknittert und bleich wie die Sofakissen. Sie hielten einander locker an den Händen, Haare und Kleidung wirkten ungepflegt. Er hatte es irgendwie geschafft, sie einzufangen.

G ging noch weiter und schlug vor, das nächste Doppelporträt als Akt zu malen. Sie hätte sich weigern können, aber das ließ die moralische Logik der Situation nicht zu. Inzwischen hatte G ein beträchtliches Vermögen erlangt und ebenso großen Ruhm, und ihr Status als seine Gefährtin und Ehefrau nahm ernste Ausmaße an. Es war ihre Pflicht, ihm zu helfen, und nichts, nicht einmal die Liebe ihrer Kinder, war so stark wie die Verpflichtung, die sie seinem Talent gegenüber empfand. Seine Erfolge – seine Leistungen – waren auch ihre, besser gesagt hatte sie ihm ihr Leben und ihre Kraft gewidmet und auf die Möglichkeit verzichtet, es selbst zu etwas zu bringen. Deshalb beanspruchte sie nun einen Teil seiner Macht für sich. In der Hinsicht unterschied sie sich kaum von anderen Hausfrauen; sie begriff allerdings, dass auch das, was an Unterschiedlichkeit noch vorhanden war, jetzt ihm gehörte.

Er malt eine neue Serie von Doppelakten, und als sie die Bilder sieht, erkennt sie das Spektakel ihres eigenen, unverwirklichten Lebens. So, wie sie sein Zugangspunkt zur Außenwelt war, benutzt er sie nun für sein Geständnis.

Er hält ihren Körper vor sich wie einen Schild, der ihn vor dem Angriff der Zeit schützen soll, gleichzeitig gibt er ihr zu verstehen, das Zusammenleben mit ihr habe seine Seele gefesselt. Seine Bereitschaft, sich als die eine Hälfte eines Paares darzustellen, hat etwas Demütiges, fast schon Komisches. Aber der Witz geht auf ihre Kosten. An ihn gefesselt, an seiner Seite, wurde sie auf den Kopf gestellt.

Die Porträts werden größer und abstrakter. Die beiden nebeneinander sitzenden Gestalten werden auf Formen reduziert, auf fragmentierte Schatten, die sich aufzulösen oder in die Bildebene einzufügen scheinen. Sie begreift, dass er sie weiterhin als Paar malen wird, womöglich bis zum Ende. Dies ist sein Spätwerk, das melancholische Lied seines Alterns, und die Öffentlichkeit nimmt es begeisterter auf denn je; nichts wertschätzt sie mehr als Ehrlichkeit im Angesicht von Zeit und Tod. Dass er seine Frau in den Bildern gefangen hält, ist ein unfehlbares Kennzeichen seiner Originalität. Indem er sie miteinbezieht, scheint er etwas aufzugeben, seinen maskulinen Stolz und den Egoismus der männlichen Identität. Auf diese Weise läutet er das Ende der Geschichte und den Anbruch einer neuen Wirklichkeit ein. Das alternde, bürgerliche Paar, bis in den Tod in gottloser und freiwilliger Hörigkeit gefangen, ist die prosaische Brut der Geschichte.

Manchmal scheinen in der Stadt alle Kinder zu weinen. Sie werden in Buggys durch die Straßen geschoben und heulen wie Sirenen. In den Scheiben der vorbeifahrenden Autos sieht man ihre verweinten Gesichter, wenn sie im Kindersitz schluchzen. Im Park, im Supermarkt, in Bussen und Bahnen ertönt ihr Wehklagen, wie das von Sehern, die ein unaussprechliches Grauen in der Zukunft erkennen. Die Eltern behandeln sie mit demonstrativer Gelassenheit und ohne sich mit dem Grund für ihr Unglück zu befassen. Sie tragen die weinenden Kinder durch die Straßen, als wären sie nur die Pfleger dieser Wesen, deren traurige Botschaft sich an uns alle richtet.

Manchmal erreichten die Schreie das Fenster der neuen Wohnung, wo ich Texte über G las, eine Malerin des späten neunzehnten Jahrhunderts, die im Alter von einunddreißig Jahren im Wochenbett gestorben war. Ihre Selbstporträts zeigen sie nackt, hochschwanger und mit geneigtem Kopf, als suche sie den eigenen Blick. Kann das Ewige der weiblichen Erfahrung in seiner Darstellung jemals mehr sein als ein verinnerlichter Zustand? G hatte versucht, sich von außen zu zeigen, während in ihr das Wissen um ihre Lage und ihre Aussichten dämmerte. Sie wusste nicht genau, wofür sie sich entschieden hatte; der Instinkt leitete sie. Sich vom Instinkt leiten zu lassen, ist eine der größten Freiheiten männlicher Künstler und der Kunstproduktion an sich. Der Instinkt hat ein selbstzerstörerisches Element, wie die Kunst, aber in diesem Fall waren die Karten schon verteilt; G begab sich aus relativer Sicherheit in die Welt der Illegitimität.

Oft malte G in dramatisierender Nahaufnahme, den Mund eines trinkenden Säuglings an der Brust oder Kinderhände, die nach einem Spielzeug greifen. Sie wollte eine Aussage treffen, nicht nur über einen Mangel an Arbeitsraum und das Eindringen der anderen, sondern über das, was eine Frau sieht; nicht als Künstlerin, sondern als Frau in der Wirklichkeit ihres Frauseins. Was sie sieht, ist scheinbar nicht allzu wichtig, wie sie selbst nicht allzu wichtig ist – das Radikale daran sind die Implikationen der Aussage, des Schritts in die Darstellung. G lebte in einem Umfeld, in dem die Aussicht auf Gleichheit in Wahrheit eine Aussicht auf Nachahmung war. Es gab Malschulen für

Frauen, und es gab Männer, die bereit waren, dort zu unterrichten. Es gab künstlerische Bewegungen, in denen sie, wenn sie es so wünschten, mitschwimmen konnten; und wer hätte sehen können, was daran nicht stimmte, diese grundsätzliche Verfälschung, die alle Wurzeln des Seins, einzige Quelle künstlerischen Wertes, verriet und vergiftete?

G malte ihren schlafenden Mann und machte sich damit auf stille Weise über die komplette Kunstgeschichte gemalter Frauen in einem Bett lustig, das der Maler ganz offensichtlich gerade erst verlassen hatte. Ihr Mann war vollständig bekleidet und im Sitzen eingeschlafen, er hatte sich nicht einmal die Brille abgenommen. Das Bild ist eine Studie leisen Staunens, Staunen über die Vertrautheit mit diesem Menschen, der doch unergründlich bleibt, ihr Ehemann; vielleicht auch Staunen darüber, dass er es sich herausnimmt, einfach so einzuschlafen, und über die eigene Fähigkeit, ihn wahrzunehmen, ohne dass er davon weiß, denn so nehmen Frauen ihre Männer wahr: aus den Tiefen ihrer Unterwerfung heraus. Dass diese Wahrnehmung aufgezeichnet wird, ist allerdings ungewöhnlich. Vielleicht wollte G darauf hinaus, dass man, wollte man die Frage, wie weibliche Kunst aussehen könnte, wahrheitsgemäß beantworten, wohl sagen müsste, sie bestehe hauptsächlich aus einer Art Nicht-Existenz. In Abwesenheit eines unantastbaren Ich ist die Kunst umso gewaltsamer an das Ich gebunden; sie wird zu einer Selbstopferung und zu einem Himmelfahrtskommando. Der Körper ist der einzige Besitz, folglich muss er eingetauscht werden. G erfüllte unwillkürlich beide Seiten des Handels.

Während die Kinder schreien, erscheint mir meine eigene Geschichte der Mutterschaft wie ein hoch flussaufwärts gelegener Ort, von dem ich weit abgedriftet bin.

Vielleicht lässt sich die Wahrheit aus diesem Grund nicht mehr dort finden. Wäre es möglich, in einem weiteren Sinn darüber hinauszugehen, ihn zu überwinden, nicht nur zeitlich, sondern auch in seiner tatsächlichen Bedeutung, mit anderen Worten: voranzukommen? Das Geschrei der Kinder weckt meine Ungeduld und so etwas wie Angst, als verkörperten sie eine universelle Zuständigkeit, aus der ich niemals entlassen werde. Nachts träume ich oft, eine andere Person hätte mir ihr Baby gereicht, damit ich mich darum kümmere, und wäre dann verschwunden. In den Träumen werde ich nicht ungeduldig; da ist nichts als eine grauenhafte Nervosität. Aus den Schreien der Kinder höre ich eine Wahrheit heraus, so wahr, dass ich mir die Ohren zuhalten will, gleichzeitig ist die von ihnen heraufbeschworene Welt von Häuslichkeit und Kindererziehung, mag sie auch unbestreitbar real sein, der Zeit unterworfen und von der Zeit gedämpft, so dass diese Wahrheit dauerhaft auf Abstand bleiben muss. Eine Mutter zu sein bedeutet, intensiv und unvermeidlich im Moment zu leben. Die Künstlerin, die auch Mutter ist, muss den einen Moment verlassen, um in einen anderen, vollkommen anderen zu gelangen, und für jeden dieser Wechsel fällt ein Preis an, der Preis der Erfahrung. Die Erfahrung ist fast überwältigend, darin gleicht sie der Erfahrung des Soldaten, und ich bin eine Veteranin. Ich will Orden und eine besondere Uniform. Als die Frau auf der Straße mich schlug, spürte ich die Empörung einer angegriffenen Veteranin. Doch nur ein Teil von mir war zu Empörung fähig, der Teil, der eine Mutter gewesen war. Der Rest von mir hatte das Gefühl, zu bekommen, was ich verdiente.

G malte sich in Ausgehkleidung, ein seltsam schmales Bild, als würde sie durch ein Schlüsselloch beobachtet. Absurderweise hält sie eine Zitrone in der Hand. Das Bild fasst das Rätsel und die Melancholie der Selbstwerdung zusammen, eine Mischung aus Staunen und Einsamkeit, eine Nähe zum Wahnsinn. Sie posiert in der sargähnlichen Enge des Bildausschnitts, aber für wen? Ihr leicht ausweichender Ausdruck verrät vielleicht einen Moment der Blöße – so sieht sie aus, wenn niemand sie betrachtet. Mit der gelben Halskette und dem grünen Mantel wirkt sie fast kostümiert, halbironisch verkleidet für dieses Bild. Aber wer schaut hin und nimmt es wahr? Das Bild fragt nach Berechtigung, nach der Berechtigung seines Motivs und der Berechtigung, es zu malen. Die Malerin ist gleichzeitig das Modell, und in diesem Moment scheinen beide einander aufzuheben und eine tiefe Unsichtbarkeit zu erschaffen. Ihr Tod ist nah. Und doch sind da Farbe, Licht, Raum – Elemente der Welt. Die Gelbtöne der Zitrone in ihrer Hand und der Kette an ihrem Hals erzeugen Stabilität; durch ihre konkrete Existenz, die Existenz der Dinge, beglaubigt das Bild sich selbst und fordert sie zum Weiterleben auf.

G und seine Frau reisen nach Italien zu einem Kulturfestival, an dem er als Ehrengast teilnehmen wird. Die Einladung klingt glamourös, aber das Festival ist schlecht organisiert und das Wetter ungewöhnlich regnerisch und grau für die Jahreszeit. G wird öffentlich interviewt, aber zu der Veranstaltung erscheinen weniger Leute als erwartet. Die Villa, in der sie untergebracht sind, dient als Künstlerresidenz; vor vielen, vielen Jahren, als die Kinder noch sehr klein waren, hatten G und seine Familie für einige Monate hier gewohnt. Die Zeit in der Villa vor all den Jahren markierte den ersten großen Wendepunkt in seinem Werk, als hätte ihn der fremde Ort endlich befähigt, sich von den Vorbestimmungen der Identität zu lösen und frei zu sein. Aus diesem Grund – aus Nostalgie vielleicht – hatte er die

Einladung zu dem Festival angenommen. Aber die Villa ist düster, unbehaglich und kalt; wie es scheint, sind G und seine Frau inzwischen größeren Luxus gewöhnt. G tobt vor Wut; er erkältet sich und sagt die Pressetermine ab. Seine Frau geht allein durch die nassen, nebligen Straßen des Ortes spazieren. Sie erwägt halbherzig, ein paar italienische Delikatessen zu kaufen und für zuhause mitzunehmen. Sie stellt fest, dass sie nicht mehr recht an die Wirklichkeit glaubt – falls Italien und seine Delikatessen wirklich sind. Dieser Gedanke macht sie traurig. Dabei hatte sie so großes Glück.

Am Nachmittag des zweiten Tages schiebt sich die Sonne unerwartet hinter den Wolken hervor, als trete sie durch einen Vorhang auf eine Bühne. Die Welt ist verwandelt. In dem Moment steht Gs Frau am hohen Fenster ihres Zimmers, das auf den nassen, verlassenen Garten hinausgeht. Sie hat nur wenig wiedererkannt, so lange ist der Aufenthalt schon her. Sie erinnert sich an verschwommene Monate mit glühender Hitze und Sonnenlicht, an sinnliche Vergnügen und Unternehmungen. Die unheilvolle Rückkehr unterstreicht nur die Unwiederbringlichkeit vergangener Zeiten und den illusorischen Aspekt, den Glauben, der, das erkennt sie nun, einen großen Teil von Erfahrung ausmacht. Die Erinnerungen sind unerträglich – sie will sich nicht erinnern, sondern leben und fühlen. Gäbe es einen Weg, all ihre Erinnerungen zu löschen, sie würde ihn einschlagen. Fast im selben Moment, als die Sonne durch die Wolken bricht, hört sie Stimmen und Türenschlagen im Erdgeschoss, und dann verteilt sich eine Familie auf dem Rasen. Ihr Wissen um diese Abfolge von Ereignissen reicht tiefer als jede Erinnerung; es handelt sich um einen kreativen Prozess, in dem das Wissen auf den gegenwärtigen Moment übertragen wird. Drei kleine Kinder – ein

Mädchen und zwei Jungen – rennen zusammen über den Rasen, langsam gefolgt von einem jungen Vater. Ganz offensichtlich haben sie am Fenster geklebt und darauf gewartet, dass der Regen aufhört. Im frischen Sonnenlicht erscheint das plötzliche Grün des Gartens wie eine pulsierende Halluzination. Die Vögel flattern fröhlich zwischen Bäumen und Rasen hin und her, die Blumen heben den Kopf und singen stumm in der Sonne. Auch die Erinnerungen von Gs Frau werden prompt erleuchtet, in der Tat wirken der sonnige Garten und die spielenden Kinder so real, dass sie die Erinnerung umgehen und auf eine Wiederkehr verweisen. Sie steht abermals im Garten und unterhält die Kinder, während ihr Mann irgendwo in den Tiefen der kühlen, hallenden Villa im Atelier steht und arbeitet. Sie lebt in einer diffusen, aber kontinuierlichen Bewegung, wie auf einem Ozeandampfer, der Meere überquert, ohne dass ein sichtbarer Orientierungspunkt sein Vorankommen anzeigen würde. Diese Bewegung, das vorankommende Schiff, war ihr Mann, und für sie war das alles einfach, ja, einfach und oft malerisch auf eine hypnotisierende Weise, genau wie für die Passagiere an Deck des Schiffs, wenn sie die Sonne über dem Wasser auf- und untergehen sehen, die neuen Farben und Lichter am Rand der Welt, und sich des erhabenen Privilegs bewusst werden, so etwas erleben zu dürfen; und an anderen Tagen, in Wochen mit Sturm und Regen, ziehen sie sich unter Deck zurück und vertreiben sich die Zeit dort.

Unten auf der Wiese ist der Vater dabei, den Kindern etwas zu zeigen, eine interessante Blume vielleicht oder ein Insekt. Er kniet, während sie sich um ihn scharen. Er sieht attraktiv aus, wie er da in weiten Jeans hockt, schlank und stark. Sie fragt sich, wie er es schafft, zu arbeiten und immer noch Zeit für die Kinder zu haben, ganz anders als G damals. Doch G ist ein Genie und sein Eigennutz womöglich einer der Gründe dafür. Oder vielleicht ist die Frau des Mannes die Künstlerin und er übernimmt die weibliche Rolle. Beim Gedanken an diese hypothetische Künstlerin zuckt Gs Frau vor Schreck zusammen, als würde ihr eine ominöse Verantwortung aufgenötigt. Sie stellt sich die Künstlerin im Atelier vor, Kapitänin eines Schiffs, das sich unaufhaltsam voranschiebt.

Manchmal, in krisenhaften Momenten, dreht sie einfach ihre Umgebung auf den Kopf und kommt sofort zur Ruhe. Im Laufe der Jahre hat sie es sich zur Gewohnheit gemacht. Was immer sie an den gegebenen Umständen bedrohlich oder überwältigend findet, wird neutralisiert, indem sie es sich falsch herum vorstellt. Sie begreift, dass sich das Problem der Wahrnehmung in dem Fall nicht mehr stellt – ihre Verwicklung in die Ereignisse wird aufgehoben. Sie ist überzeugt, dass G nicht wissen will, was sie da tut. Trotzdem dreht sie jetzt den Garten um, so dass das leuchtend grüne Gras zum Himmel wird und der ahnungslose Himmel mit seinem abgrundtiefen Blau und den Wolkenformationen zu Boden stürzt. Die mächtigen Zypressen und Eichen hängen herab, außer sich vor Leichtigkeit. Der Mann und die Kinder sind nur noch Flecken aus Farbe und Textur zwischen anderen Farben und Texturen, um die Bürde ihrer Menschlichkeit erleichtert.

Einmal habe ich in einem Museum ein Bild des Schwarzen Künstlers G gesehen, das eine Kathedrale zeigte, und die Erinnerung daran blieb mir noch lange danach im Sinn. Manchmal suchte ich nach Fotos davon und betrachtete sie. Sie ähnelten meiner Erinnerung, waren aber nicht damit identisch. Sie waren Fotos einer Erinnerung. Das Bild selbst existierte irgendwo in der Zeit.

Ich hatte es eher klein gefunden, vielleicht weil das Motiv so groß war. Indem er ein kleines Bild von einer Kathedrale malte, schien G etwas über Marginalität zu sagen. Der Blick des Betrachters durchkreuzte die menschliche Großartigkeit; sein Produkt konnte nicht größer sein als er selbst. Was das Bild nicht zeigte, war den Glauben an das, was eine Kathedrale ist. Ich erinnere sie als einen schimmernden Haufen schwarzer Glut, aufgeladen mit innerer Hitze; sie schien eher der Natur zu gehören als den Menschen. Ich fragte mich, wie derselbe Künstler einen Berg gemalt hätte. Die Gerechtigkeit, mit der er die Kathedrale behandelte, war von einer seltenen Art und ähnelte der Liebe oder dem Mitleid. Einen Berg hätte er vielleicht nicht auf dieselbe Weise bemitleidet.

Die Wirklichkeit oder Unwirklichkeit von Baudenkmälern erschien in dem Kathedralenbild als Ablenkung, als eine Fassade, und die Machtbeziehung dahinter war fast bis zur Ungreifbarkeit verborgen. Vielleicht ließe es sich dahingehend zusammenfassen, dass man ein Unrecht beenden kann, indem man das Gefühl des Unrechts nicht mehr spürt. Ich hatte den Eindruck, dass G die Kathedrale gefiel, während er sie sah; ihm gefiel, wie die Sonne im bunten Fensterglas ein Feuer entfachte und den Bau in verkohlte Splitter zerlegte. Sein Gefallen war stärker als die Kathedrale, moderner und lebendiger. Er entschied sich, die Macht der Kathedrale zu ignorieren, wie jemand, der einem König begegnet und ihn behandelt wie seinesgleichen – eine instinktive, aber gefährliche Art von Höflichkeit.

Ich erfuhr, dass G einer der wenigen Schwarzen Maler seines Kreises war und von den meisten Museen und Galerien ignoriert wurde. Sein Werk fand Anerkennung, aber Bedeutung wurde ihm nicht beigemessen. Nach seinem

Tod wurde es zusammen mit den Arbeiten gewisser zeitgenössischer Künstlerinnen ausgestellt, als sei Marginalität an sich eine Identität, unveränderlich und daher jenseits aller Verwandlungsmöglichkeit. Das Marginale rückt erst spät in den Mittelpunkt; nachdem die Kämpfe des Ego ausgefochten sind und alle Konflikte beendet, betritt es das Schlachtfeld als Friedensstifter. G gelangte zu der Überzeugung, dass die Kunst kein geeignetes Mittel für politischen Wandel war. Stattdessen übte er das Recht des Individuums aus, nach ästhetischer Rechtfertigung zu streben, nach Moral um ihrer selbst willen.

Eines Tages sah ich das Kathedralenbild in einem anderen Museum wieder. Die Ferien hatten begonnen und das Museum bot besondere Aktionen für Schulkinder an. Im Hauptsaal tummelten sich Animateure in Tierkostümen. Musik wurde gespielt, unter der Decke drehte sich eine Discokugel und überzog die Wände mit bunten, wirbelnden Lichtflecken. Die Kinder rannten ziellos umher und lachten und schrien, überall lagen angefangene Arbeitsblätter, aus der Cafeteria roch es nach Essen. Es herrschte eine leichte Vorhöllenstimmung, eine Art substanzlose Anarchie, als würden sich Menschen in einer Kirche danebenbenehmen. Aber die Heiligkeit dieser Kirche der Kunst war zu schwach, ihr Glaubenskern fast vergessen und zu fragil, um einen öffentlichen Bildersturm zu ertragen. Das moralische Gut der Kultur und die Werte der Unterhaltung führten ohnehin schon einen tödlichen Ringkampf auf; sie zusätzlich anzufeuern, war gar nicht nötig. Ich dachte an die Tugenden der Schwierigkeit und daran, dass Leute, die sich in ihren Lebensumständen nicht reflektiert sehen, vielleicht einen Beweis für die Grenzenlosigkeit der menschlichen Seele brauchen, für ein fernes, unerreichbares Ziel, dem sie entgegenstrebt; vielleicht sollten sie die Zeugnisse dieser Bestrebungen sehen und begreifen, dass manche Menschen bereitwillig das Risiko eingegangen sind, etwas zu erschaffen, ohne verstanden zu werden. Nicht verstanden zu werden bedeutet, zum Schweigen gebracht zu werden, das Unverständnis wiederum legitimiert das Schweigen und erhellt die eigene Unverständlichkeit. Die Kunst ist ein Pakt von Individuen, die der Gesellschaft das letzte Wort verweigern. Dort in dem Aufruhr im Museum musste ich an G denken, der als Kind zeichnen gelernt hatte, indem er Bücher aus der Bibliothek in Harlem auslieh und die Abbildungen kopierte. Später wurde sein Wohnviertel zu seinem Thema, denn es war das Thema, das ihm gegeben wurde. Wie jeder marginalisierte Mensch ist der marginalisierte Künstler verpflichtet, sich zunächst mit der Wirklichkeit auseinanderzusetzen. Aber am Ende schob G die Wirklichkeit mutwillig beiseite. War Abstraktion, ähnlich wie Vorstellungskraft und Fantasie, lediglich ein Mittel zur Flucht? Blieb eine offene Schuld zurück, wenn er den Ort seiner Begrenzung aufgab? Die Frage kreiste nicht nur um den moralischen Wert der Freiheit im ästhetischen Zusammenhang, sondern um das Wesen der Freiheit selbst.

Der Schlag gegen meinen Kopf, das erkannte ich jetzt, war ebenso real wie unverständlich; er war die Umkehrung der Darstellbarkeit und zugleich die ultimative Darstellung. Die Welt steht kopf, sagte eine Freundin, nachdem ich ihr von dem Vorfall erzählt hatte. Doch die Wirklichkeit der Gewalt, so schmerzlich sie auch war, erschien wie ein Korrektiv jener Wirklichkeit, die den Gesetzen der Schwerkraft gehorchte, und barg eine blutige Wahrheit. Ich nannte sie *du*, die Frau, die mich geschlagen hatte – so nannte ich sie in meinen Gedanken, Hunderte Male am Tag. Sie hatte mein Selbstbild ersetzt, ein Bild, das im vergoldeten Spiegel in der Wohnung der Dame zurückgeblieben war. Sie war mein dunkler Zwilling, ein unauslöschlicher Hinweis auf etwas in mir, dem die Existenz verweigert worden war. Sie selbst verweigerte sich nichts; ihre einzige Grenze war ihr Körper und sie hatte beschlossen, ihren Objektstatus zu nutzen. Lautlos hatte sie ihre Arbeit erledigt. Dies waren ihre Opfergaben, die Opfergaben der Stuntfrau: Gewalt und Schweigen.

Auf der Flucht vor dem Lärm lief ich ziellos durch die Museumssäle. In einem großen, langgezogenen Korridor, wo die Gemälde übereinander und fast bis zur Decke aufgehängt waren, entdeckte ich plötzlich das kleine, schwelende Bild. Es ging zwischen den anderen, größeren Arbeiten regelrecht unter und hing so weit oben, dass es kaum richtig zu sehen war. Das Bild verlangte nach Nähe und Intimität; es brauchte Aufmerksamkeit. Sogar hier, im sicheren Museum, bestand die alte Aufgabe weiter, das Ringen um einen Weg aus der Unsichtbarkeit. Der Umstand für sich hätte bewiesen, dass G darin gescheitert war, seine Lebensumstände zu überwinden und zu kreativer Gleichberechtigung zu gelangen. In einem gewissen Sinn zeigte das Bild dieses Scheitern. Wie mir klar wurde, war es genau das, die Anrufung der Unsichtbarkeit selbst, die mich so berührte. Dies war sein Anteil, das, was ihm zur Verfügung stand. Er hatte beschlossen, es darzustellen, damit es nicht in die Bilanz der verlorenen Dinge einfloss; er legte das Zeugnis seiner Weigerung, sich von sich selbst abtrennen zu lassen, auf die Waage der Gerechtigkeit. Er malt seine Unsichtbarkeit, um sich nicht darüber ärgern zu müssen. Stattdessen versucht er, sie zu lieben, die Dunkelheit, in der er sich bewegt, genauso wie das Licht, das sie manchmal durchdringt und das nur seine Augen sehen können.

Die Hebamme

Dass G wilde erste Jahre in der Stadt hinter sich hatte, war allgemein bekannt. Im Laufe der Zeit wurden ihre Lebensumstände konventioneller, was alle außer sie selbst als natürliche Entwicklung betrachteten. Sie hatte großen Erfolg, und mit ihm einen Ehemann, ein Kind und Geld, das in materielle Dinge umgewandelt werden wollte. Die wilden Jahre gehörten der Vergangenheit an; offenbar hatte nur sie geglaubt, sie könnten einfach weitergehen. Stattdessen war ihre Wildheit nun Geschichte, eine beglaubigte Quelle für Anspielungen in ihrem Werk, vergleichbar mit den fremden Landschaften und exotischen Requisiten in den Werken der alten Meister.

Zusammen mit dem Mann, dem Kind und einem Kindermädchen bewohnte sie ein großes Haus in einer schicken Gegend, außerdem besaßen sie ein Haus auf dem Land, das nicht weit von den Landhäusern ihrer Bekannten entfernt war. Das Landhaus hatte ein Architekt für sie entworfen, deshalb beschlich sie dort manchmal das Gefühl, sie bewohnten seine Vorstellung davon, wie sie zu leben hätten. Die Küche war groß wie ein Ballsaal und mit einer Unmenge von funkelnden Gerätschaften ausgestattet, und statt eines Ballsaals gab es natürlich einen riesigen weißen Raum mit weißen Sofas, in dem sie Gäste empfingen wie in einer Polarlandschaft. Der Architekt hatte auch ein ans Haus angebautes Atelier entworfen, das nicht das Tal und die grünen, nebelverhangenen Schluchten überblickte, sondern den penibel gepflegten Garten, in dem das Kind spielen sollte. Die Gartenseite des Ateliers bestand aus einer hohen Fensterfront, damit G jederzeit sehen konnte, was das Kind gerade tat.

An den Wänden beider Häuser hingen gerahmte Fotografien, gesammelte Kunst und Gs eigene Werke. Die Fotografien stammten von Gs Mann. Er hatte sie auf dickes weißes Papier drucken und in einem Spezialgeschäft in der Stadt rahmen lassen. In Gesellschaft nannte er sich einen Amateur. Die meisten seiner Fotos zeigten die gemeinsame Tochter. Alle sagten, sie sei ein sehr schönes Kind; die Fotografien bestätigten das und entließen ihre Schönheit gleichzeitig in die Welt hinaus wie ein schutzloses Wesen, das dort nicht überleben konnte. Genau das sah G, wenn sie die Fotos betrachtete, eine stümperhafte Bloßstellung, die die Gefühle des Fotografen als allgemeines Empfinden inszenierte, als gehörte auch das Kind der Allgemeinheit. Auf den Fotos lächelte die Tochter nie, weil niemand sie dazu aufgefordert hatte. Sie sah einfach nur in die Kamera, mit leicht geöffneten Puttenlippen und festem Blick aus runden, von langen Wimpern umgebenen Augen. Ihre Gefasstheit war erstaunlich; man konnte leicht vergessen, dass sie in dem Moment nichts anderes gesehen hatte als ihren sie betrachtenden Vater. Die Kinder auf den Fotos anderer Leute bliesen Geburtstagskerzen aus oder spielten Fußball, aber in solchen Momenten fotografierte Gs Mann die Tochter nie. Möglicherweise interessierte er sich bei diesen Anlässen nicht für sie. Die Fotografien verlangten nach einer Mitarbeit, die auch eine Unterwerfung war; abgelenkt zu sein, war hier nicht erlaubt. Im Laufe der Zeit war G aufgefallen, dass die Fotos ihrer Tochter sich veränderten. Weil das Kind sich der Beobachtung bewusst wurde, wurde seine Unterwerfung sichtbarer.

Gs Atelier in der Stadt lag in einer verdreckten, gefährlichen Gegend, aber bislang hatte sie dem Druck, sich repräsentativere Räume zu suchen, erfolgreich standgehalten. Den Grund dafür kannte sie selbst nicht. Oft spürte sie in ihrem Atelier Angst oder Unbehagen. Es gab Künstler, die weniger erfolgreich waren als sie und dennoch in riesigen, zentral gelegenen Ateliers arbeiteten; sie empfingen dort Sammler und Journalisten und ließen sich von ihren Galerien sogar ausgesuchte Mahlzeiten liefern. G fragte sich, ob sie, indem sie den täglichen Weg zu ihrem heruntergekommenen Arbeitsplatz am anderen Ende der Stadt auf sich nahm, vielleicht ihre Verachtung für diese Künstler zum Ausdruck bringen wollte, und sie genoss es, all jenen, die sie dort aufsuchen wollten, dieselbe Unannehmlichkeit aufzuzwingen. Das Atelier in der Stadt war die Bühne ihrer wilden Jahre, als sie zwischen Staffeleien und Materialien auf einer Matratze am Boden geschlafen hatte. Sie war damals zweiundzwanzig und vor ihren Eltern und ihrem Heimatland geflüchtet. Irgendwann war ihr Pass im Chaos des Ateliers verschwunden und nie wieder aufgetaucht. Sie hatte ihre Eltern regelmäßig aus einer stinkenden Telefonzelle am Ende der Straße angerufen. Sie hatte ihnen erzählt, sie sei zum Studieren in der Stadt, aber sie war keine gute Lügnerin. Sie vergaß die Lüge immer wieder, und ihre Eltern waren von der Inkohärenz ihrer Geschichten verärgert und verstört. Sie würde nie vergessen, wie die Missbilligung ihrer Eltern Hunderte Kilometer über Land, unter dem Meer und durch das schmierige Kabel der Telefonzelle am Ende der Straße zurücklegte, um ihr zweiundzwanzigjähriges Ohr zu erreichen. Einmal war sie auf dem Rückweg ins Atelier von einem Irren verfolgt worden; sie war ins Haus gerannt und hatte ihm die Tür vor der Nase zugeschlagen.

Weil ihre Eltern Autorität mit Vernachlässigung zu kombinieren wussten, hatte sie sich nie von ihnen befreit. In ihrer Kindheit war ihr gesamtes Wesen von ihren Versuchen verdreht worden, die Autorität zu beschwichtigen, die Vernachlässigung wiederum hatte sich in etwas verwandelt, das sie selbst kaum erfassen konnte, eine gewaltige Kraft, die ihr selbst dann unverständlich blieb, wenn sie aus ihr herausbrach, sie früh am Morgen weckte und automatisch an die Staffelei trieb. In dem Atelier hing damals kein Spiegel, oder vielleicht war es ihr einfach nie in den Sinn gekommen, sich selbst zu betrachten. Aus dieser Zeit war ihr nur ein Gefühl von kompletter Auslöschung im Gedächtnis geblieben, von der Abwesenheit eines äußeren Selbst. Ihr Körper war nur ein Instrument gewesen, mit dem sie ihre Konzepte materiell umsetzen konnte.

Ihre Bekannten wurden von ihren Familien mit Geld oder Hilfe unterstützt, aber die Weigerung ihrer Eltern, ihr etwas zukommen zu lassen, schien die Abhängigkeit von ihnen nur zu verstärken. Da es ihr gelungen war, sich räumlich von ihnen zu trennen, hätte sie sich ohne Weiteres komplett von ihnen lossagen können, doch stattdessen ging sie immer wieder in die Telefonzelle und setzte sich der Missbilligung aus. Ganz offensichtlich ekelte sie ihre Eltern an, trotzdem wollte sie ihre Liebe gewinnen, indem sie – und das war das Eigenartige daran – Dinge tat, die den Ekel nur vergrößern würden. Mit anderen Worten war die Missbilligung kein Mittel, Gs Willen zu behindern, so sehr sie es sich vielleicht auch wünschte. Ihre Bilder verstörten die Eltern und bedrohten sie durch ihre Freizügigkeit, also wurde G noch freizügiger, als ließe sich das Problem dadurch lösen, dass sie sich endlich ausführlich erklärte. Anscheinend kreiste die elterliche Missbilligung um dieselben Themen wie der hellwache Instinkt von Gs Talent, und auf diese Weise merkte sie, dass sie der Wahrheit näher kam. Die Resilienz ihrer Kunst zu fühlen, war herrlich; ihre Kunst war nicht nur gegen fremde Meinungen immun, sondern auch gegen Gs eigene, womöglich verirrte Psyche.

Mit der Zeit trennte eine Linie, vielleicht auch eine Mauer, ihre Arbeit von ihrem Selbst. Damals, in den wilden Jahren, hatte es die Linie noch nicht gegeben. G war ein anarchisches Königreich gewesen, bankrott und ständig bedroht, aber noch nicht überrannt.

Sie hatte in einer Bar gearbeitet, auf der Matratze am Boden geschlafen und es kaum geschafft, sich zu ernähren und zu waschen. Niemand hatte ihr beigebracht, sich um sich selbst zu kümmern. Andere lebten wie sie, aber das waren ausschließlich Jungen. Sie lernte kein einziges Mädchen kennen, das sich nicht die Haare wusch, schmutzige Kleidung trug und sich vor dem Schlafengehen nicht abschminkte. Einige der Jungen, mit denen sie schlief, ekelten sich vor ihr, wie ihre Eltern. Sie behandelten sie schroff und unhöflich. Die Mädchen waren ebenfalls unhöflich und lästerten über die dicke Puderschicht, unter der sie ihre schlechte Haut versteckte, und ihren nachlässig aufgetragenen, signalroten Lippenstift. Sie stellte fest, dass Sex sie vorübergehend vom Hass auf den eigenen Körper befreite, doch vorher musste sie ihre Angst vor dem Ekel überwinden. Sie malte fieberhaft, aber ohne klares Ziel, bis eines Tages ein Junge, der in ihrem Atelier herumhing, erwähnte, seine Eltern besäßen eine Galerie. Was eine Galerie war, wusste sie nicht genau, auch wenn ihr das später niemand glaubte. Sie kannte nur die öffentlichen Museen, in denen sie viel Zeit mit der Betrachtung bestimmter Gemälde verbrachte, nur um später im Atelier zu versuchen, ihren Einfluss zu überwinden. Nie war ihr in den Sinn gekommen, ihre Arbeit könnte mit diesen Gemälden in direkter Verbindung stehen. Aber wenige Wochen später besuchte sie die Galerie und zeigte ihre Mappe vor. Ihre Erinnerung an diese Zeit war ebenso klar wie nebulös, auf verwirrende Weise seltsam, ein überwältigendes Eindringen in ihre Welt, wie Stiefelabdrücke in unberührtem Schnee. Später wertete sie das als einen weiteren Beleg dafür, dass ihre Malerei ein Eigenleben führte; sie trug sie in sich wie einen Organismus, der sich zufällig dort angesiedelt hatte. Ihre Malerei war selbsterhaltend.

Die Eltern des Jungen vertraten sie drei Jahre lang, in denen sie so viel Geld verdiente, dass sie in der Bar kündigen konnte. Sie ging auf Vernissagen und lernte Künstler kennen. Etwas hatte sich verändert; aus irgendeinem Grund war sie nun erkennbar weiblich. Ihre Weiblichkeit war nicht sexuell, sondern gesellschaftlich und wurde ihr in Form von Schwäche angetragen. Damit ging eine Beurteilung einher, nicht ihrer Person, sondern ihres Verhaltens. Ihr Verhalten war planlos und uneigennützig. Manchmal hatte sie das Gefühl, dass die anderen sie aus ihrer Eigennützigkeit heraus betrachteten und folglich gar nicht anders konnten, als verwundert oder belustigt zu sein. Damals kam sie sich schrill und bloßgestellt vor, und wenn sie an die Zeit zurückdachte – nun, da Gelassenheit zum Greifen nah war, ob sie nun danach greifen würde oder nicht –, erfasste sie eine schreckliche Trauer, denn in jener vorübergehenden, gefährlichen und gelegentlich aufregenden Phase hatte sie, während sie ihre Arbeiten aus sich herauspeitschte, endlich verstanden, dass sie ungeliebt war. Auf einer Vernissage lernte sie den Gründer einer neuen Galerie kennen, der sie am nächsten Tag im Atelier besuchte. Er war ein lustiger, kleiner Mann, hässlich und gutmütig, und diese spezielle Mischung legitimierte ihre eigene Hässlichkeit. In seiner Gegenwart fühlte sie sich gesehen wie unter einem starken, neutralen Nordlicht. In den nun folgenden Jahren machten sie einander berühmt, denn er besaß die Gabe, ihre Persönlichkeit so nach außen zu kehren, dass sie plötzlich einen Sinn ergab. Ihre vermeintliche

Unannehmbarkeit wurde, einmal veräußerlicht, zu einer unanfechtbaren Objektivität.

Heute war ihr Galerist ein schlanker, kühler und fleißiger Mann mit attraktiven, fein geschnittenen Zügen und tadellos gebügelter Kleidung. Als sie zum ersten Mal sein Alter erfuhr – er war zehn Jahre jünger als sie –, spürte sie eine stille Verzweiflung. Sie hatte sich an ihre Frühreife gewöhnt, in ihrem Umfeld waren immer alle älter als sie. Der Galerist hatte kleine Kinder, deshalb redeten sie, wenn sie in ihrem Atelier auf dem Land saßen und draußen vor dem Fenster die Tochter und das Kindermädchen sahen, oft über Elternschaft. Die Geschichten, die er über seine Kinder erzählte, waren tiefgründig und unterhaltsam – immerhin war er ein sehr intelligenter Mann –, doch wie G bemerkte, nahmen sie stets ein gutes Ende; nie blieben lose Fäden des Zweifels oder Scheiterns. Seine makellose Kleidung und seine gelassene Art deuteten eine zusätzliche Existenzebene an, auf der Elternschaft ein vernünftiges, gut organisiertes und angenehmes Erlebnis war. Die Tochter und das Kindermädchen standen im Garten, als warteten sie auf etwas, wie ein Theaterpublikum vor Beginn der Vorstellung. In gewisser Weise war es ein Triumph der Zivilisation, dass G und der Galerist im stillen, sanft erleuchteten Atelier sitzen und über ihre Kinder reden konnten, ganz ohne sich um diese Kinder kümmern zu müssen. Das Gespräch kam ganz natürlich auf Gs Arbeit, auf die neuen und prestigeträchtigen Gelegenheiten, die er für sie aufgetan hatte. Wenn er sie diskret auf das Geschäftliche zurückbrachte, spürte sie manchmal einen Pfeil der Todesangst in ihrem Herzen und auch das Verlangen, aus dem Atelier in den Garten zu eilen, ihre Tochter auf den Arm zu nehmen und zu laufen, so schnell sie konnte, zum Gartentor hinaus und auf der Landstraße davon.

Wenn wir einen Rückzugsort brauchten, fuhren wir manchmal zu Manns Hof. Auf dem Anwesen befand sich eine Hütte, die an Gäste vermietet wurde. Die Hütte stand am oberen Ende eines Tals, das steil zum Meer hin abfiel. An den Hängen wuchsen Sträucher, Dornbüsche und Olivenbäume, und auf der Ebene weit unten wellte sich Schilf neben einem glitzernden Bach. Es hatte den Anschein, als könnte man von der Hütte direkt ans Wasser hinunterlaufen, aber das dichte, trockene Gestrüpp auf dem Hofgelände war unpassierbar. Das brachliegende Land wurde von einem weitläufigen Muster aus Drahtzäunen unterteilt. Manns Frau erzählte uns, die ungenutzten Parzellen seien von den Eigentümern sorgfältig markiert worden in Erwartung einer Zeit, in der die Vorschriften gelockert würden und das Land bebaut werden konnte, wie es überall auf der Insel längst geschehen war.

Ein paar Trampelpfade mäanderten dahin und führten nur selten an den Ort, den man direkt vor Augen hatte. Ziellos und verstohlen verschwanden sie in andere Richtungen. Die verschlungenen Baumschatten der Schluchten und die wogenden Schilfgürtel der Ebene bargen ein Rätsel, während die undeutlich erkennbaren, riesigen weißen Felsbrocken oben auf dem Hügel aussahen, als blickten sie über das strahlend blaue Meer hinaus. Dahinter erhob sich ein Berg, dessen zerklüfteter, weißer Gipfel wie besinnungslos in den Himmel ragte. Die weißen und silbrigen Felswände waren nackt und unzugänglich und das Massiv an sich kein Kegel, sondern ein aus unzähligen, in der Sonne blitzenden Flächen zusammengesetzter Quader. Die funkelnden, geradlinigen Wände hatten etwas Teuflisches, Maschinelles. Wie zerstreut verlief die schmale, von Schlaglöchern durchsetzte Straße ans Meer zunächst über die Hügel und ins benachbarte Tal, wo sie sich durch Klüfte aus bewaldeter Leere scheinbar endlos abwärts schlängelte. Unter den verdrehten Ästen der von kreischendem Grillenzirpen erfüllten Olivenbäume standen reglose Ziegen. Wenn der Wind hineinfuhr, zischelte das Schilf. Die schrille Hitze hatte Land und Himmel überzogen und taub gemacht, in der Ferne erhob sich der rätselhafte Berg, dessen gewaltige Autorität von überall zu sehen war.

Die Zufahrt zu Manns Grundstück wurde von den schmiedeeisernen, verfallenen Flügeln eines Tors markiert. Das Muster aus rätselhaften geometrischen Formen und Symbolen rahmte die Buchstaben seines Namens. Eine Schotterstraße führte durch staubige Felder zum Haus hinauf. Überall lagen rostige Maschinenteile, Holzstapel und die Überreste angefangener und nie beendeter Projekte. Eine Herde aus braunen, zotteligen Rindern mit riesigen Köpfen und langen, stabähnlichen Hörnern streifte ungehindert über eingestürzte Zäune, durch Olivenhaine und den Schatten eines Wäldchens, auf dessen Lichtung zwei alte Wohnwagen standen. Hinter dem Haus befand sich ein Garten mit schnatternden Gänsen, Hühnern und winzigen schwarzen Schweinen, die sich zügellos im Dreck wälzten und Jagd auf Kätzchen machten, die manchmal aus reiner Provokation von der niedrigen Gartenmauer herunterkamen. Der Garten war gepflegt; in Kübeln angepflanzte Kapuzinerkresse und Wein überwucherten das Dach der Kaninchenställe. Oft stand Manns Frau dort draußen und versorgte die Tiere.

Der Eingang des Steinhauses war nicht mehr zu sehen, er verschwand unter einem wirren Flickwerk aus hölzernen Vordächern und Anbauten, alle von der Sonne gespalten und ausgebleicht. Bei unserem ersten Besuch wussten wir nicht, wie wir uns bemerkbar machen sollten; zum Warten gingen wir in den Garten, wo uns ein schlanker, schwarzer Hund begrüßte. Irgendwann trottete er ins Haus, und da entdeckten wir die kleine, geöffnete Tür an der Gebäudeseite. Kurze Zeit später kam Manns Frau heraus, und wir erfuhren, dass der Hund losging und sie holte, wann immer sie gebraucht wurde. Sie zeigte uns die Hütte, die jenseits der staubigen Felder stand und deren Fenster aufs Tal hinausgingen. Daneben wuchsen gigantische Kakteen mit dicken, gekrümmten Armen. Manche ragten in die Höhe, andere waren zu Boden gegangen und schoben sich über die Erde wie Schlangen. In der Dämmerung schlossen ihre merkwürdigen Formen sich zu einem mythischen Wesen zusammen. In der Ferne, am gegenüberliegenden Hang, war ein Steinbruch zu erkennen, der das Grün zerteilte wie eine erdfarbene Narbe.

Die Hütte war schlicht und funktional eingerichtet und das Mobiliar alt und antiquiert, doch wie der Garten wirkte sie aufgeräumt und heimelig. Dieses Zeichen guter Haushaltsführung bildete einen starken Kontrast zu dem Chaos auf dem restlichen Grundstück. Manns Frau war klein und stämmig. Sie hatte rotbraunes, zu einem Zopf geflochtenes Haar, ein sonnengebräuntes Gesicht und kleine Augen von einem durchdringenden Blau. Ihr Blick war hellwach und stets leicht verwundert, als wäre sie getäuscht worden und fest entschlossen, die Wahrheit dessen zu sehen, was sie vor sich hatte. Sie lud uns ein, ins Haupthaus zu kommen, wann immer wir wollten; sie würde uns mit Eiern und Gemüse aus dem Garten versorgen und uns zeigen, wie sich das windschiefe Gartentor schließen ließ, damit die Kühe nicht einbrechen konnten.

In einem der Wohnwagen auf der Lichtung lebte ein Mann namens Johann, und manchmal blieben wir stehen und unterhielten uns mit ihm. Er war ein Lehrer aus Deutschland und mit Manns Frau befreundet. Wie er uns erzählte, kam er jedes Jahr für mehrere Monate auf den Hof, um mit den Tieren und bei der Ernte von Oliven und Wein zu helfen. Sein Lager war sehr gepflegt und aufgeräumt, er hatte sogar einen kleinen Garten angelegt, wo Blumen und Gemüse in frisch geharkten Reihen wuchsen. Hier verfällt alles, sagte er, aber ich tue, was ich kann. Vor zwanzig Jahren war es ein Paradies, in meiner Erinnerung wäre es das bis heute, aber ich bin immer wiedergekommen, statt meine Ferien wie andere Leute am Strand zu verbringen. Früher sei der Hof ein sagenhafter Ort gewesen; die Leute waren gekommen, um sich Manns Kommune anzuschließen. Im Tausch für ihre Arbeitskraft erhielten sie, was sie zum Leben brauchten. Mann hatte das von der modernen Zeit fast unberührte Tal zufällig entdeckt und den Hof und das Land für einen Spottpreis erworben. Ihm hatte eine Gemeinschaft vorgeschwebt, die vollkommen autark war und die Welt nicht brauchte. Er hatte beschlossen, die Zeit anzuhalten, denn einen schöneren Fleck als diesen hatte er nie gesehen.

Das Tal war wie ein unschuldiges Mädchen, sagte Johann trocken, und er wollte, dass es für immer Jungfrau bleibt.

Die Leute, die anreisten, waren jung und hatten keine Lust mehr auf die langweiligen deutschen Städte, in denen sie lebten, obwohl sie, wie Johann erzählte, am Ende alle dorthin zurückkehrten, sich einen Job suchten und teure Autos kauften, und nun kamen sie nur noch in den Sommerferien auf die Insel. Es waren sehr viele, sagte Johann, aber geblieben ist nur Manns Frau.

Er erzählte uns auch, Mann habe jahrelang gegen eine Bebauung des Tals gekämpft und sich so tief in die Lokalpolitik hineinziehen lassen, dass der Hof allmählich verfallen war. Er hat zu viel Zeit mit korrupten Beamten verbracht, sagte Johann leicht verächtlich, und heute ist er nicht besser als sie. Er verfolgt ein ehrbares Ziel, aber die Frage von Macht und Dominanz sieht von beiden Seiten gleich aus. Der einzige Unterschied ist, dass Mann nicht mit Geld umgehen kann, sagte er, es aber ebenso nötig braucht wie alle anderen. Er hat sich in so viele komplizierte Geschäfte verstrickt, dass der Überblick verloren ging. In diesem Ort ist der Wurm drin, sagte er bedeutungsschwer. Er wurde ausgehöhlt, wie die Menschen alles aushöhlen. Geld kommt nur herein, wenn seine Frau die Hütte vermietet.

Die Tür an der Seite des Haupthauses stand einen Spalt breit offen. Weil niemand auf unser Klopfen reagierte, schoben wir sie einfach auf und gingen hinein. Wir fanden uns in einem großen, erstaunlich verwüsteten Raum mit hoher Decke wieder. Auf allen Oberflächen waren Bücher und Dokumente zu wackeligen Stapeln aufgetürmt und überall lag rostiges oder kaputtes Werkzeug herum, dazwischen Lumpen, alte Schuhe, leere Flaschen und Sessel, aus deren Armlehnen die Füllung herausquoll. Auf einem breiten Schreibtisch in der Mitte stand ein riesiges Radio, aus dem ein Gewirr aus Kabeln und Drähten ragte. Alles war von einer dicken Staubschicht überzogen. Durch die hohen Fenster an der einen Seite des Raumes fiel klares und zugleich schummriges Licht ein wie in eine Kirche und ergoss sich auf die chaotische Szene. Irgendwo in der Nähe waren Frauenstimmen zu hören, und wir folgten ihnen durch einen niedrigen Durchgang in eine große, altmodische Küche mit glänzendem Steinboden und offener Feuerstelle, in der ein schimmernder Kupferkessel hing.

Manns Frau stand neben einem jungen Mädchen und einer winzigen Alten mit schwarzem Kopftuch am Fenster. Als wir eintraten, hoben sie die Köpfe und verstummten. In der Stille hatte das Dreieck ihrer Gesichter etwas Verschwörerisches. Manns Frau stellte uns das Mädchen als ihre Tochter vor, und die alte Frau trat an die Spüle, in der ein Korb mit Gemüse stand. Die Tochter war sehr klein und blass. Sie hatte langes, schwarzes Haar und eine große Brille, die braunen Augen dahinter wirkten ein bisschen traurig. Aber als sie dann mit uns sprach, lächelte sie und hielt den Blickkontakt. Sie bat uns, am Weidenholztisch Platz zu nehmen, solange unsere Vorräte zusammengestellt würden. Wenn Manns Frau uns etwas fragte und wir antworteten, hörte das Mädchen aufmerksam zu. Die Küche war so sauber und ordentlich, wie das andere Zimmer chaotisch und verstaubt gewesen war. Bei der Arbeit lächelte die winzige alte Frau still vor sich hin. Tiefe Runzeln durchzogen ihr Gesicht. Unsere Vorräte wurden in einen Korb gepackt, und Manns Frau begleitete uns an die Tür.

Das Zimmer gehört ihm, erklärte sie, als wir den Raum mit der hohen Decke und dem dreckigen Chaos durchquerten. Das Licht fiel auf die dicke Staubschicht, die darin aussah wie Schnee. Ich darf hier nichts anfassen, fuhr sie fort, und ihre Augen nahmen den verwunderten Ausdruck an. Mein Reich ist die Küche. Das, sagte sie und zeigte dabei auf das Radio, hat er selbst gebaut. Damit kann er sich mit Leuten überall auf der Welt unterhalten. Er spricht fünf Sprachen und möchte nicht aus der Übung kommen. Das klingt natürlich beeindruckend, aber ehrlich gesagt frage ich mich manchmal, wozu man auf einem Hof fünf Sprachen braucht.

Sie erklärte uns, wie wir zu Fuß ans Meer gelangen konnten, und am nächsten Tag gingen wir los. Der steile Pfad führte über einen kahlen Abhang, der sich oberhalb des Meeres wölbte wie die Stirn eines Riesen, und da hatten wir zum ersten Mal ein Gefühl, wie wir es an diesem Ort noch oft haben würden: Wir fühlten uns beobachtet. Der prüfende Blick, den wir spürten, war weder menschlich noch tierisch, vielmehr war es das Land selbst, das über eine vage Beobachtungsgabe zu verfügen schien. Über uns bäumte sich der Berg auf, im letzten Tageslicht ebenso kristallin wie obskur, und tatsächlich fühlte es sich an, als würden die auf gespenstische Weise gesammelten Informationen dort oben landen und das stumme, ins abnehmende Licht getauchte Massiv noch erhöhen. Im blinden, monomanischen Auge des Bergs war menschlich zu sein ein jämmerliches, unbegreifliches Schicksal.

Hinter G hatte sich immer die Scham gestaut, groß und gebannt, wie Wasser hinter einem Damm. Anfangs war ihr Atelier in der Stadt ein Ort der Schamlosigkeit gewesen, an dem es ihr gelang, die stille Präsenz in ihrem Rücken zu vergessen, aber eines Tages – sei es aus Neugier, sei es aus Ungeduld – beschloss sie, das Gefühl zur Kenntnis zu nehmen. Sie begann eine Serie und ließ die Scham darüber bestimmen, in welche Richtung die Bilder sich entwickelten. G fasste die Serie vage als autobiografisch auf. Ein Impuls durchzog ihr Werk, als müsste sie ständig etwas vermeiden, verfolgen oder beweisen, oder als müsste sie einen Berg nach dem anderen besteigen, aber von diesem Gefühl der zwanghaften Verausgabung hatte sie jetzt genug. Sie fand ein Wort dafür: Scham. Das Wort ließ sie innehalten und den Kopf heben.

G stellte fest, dass der Körper die Scham ausstrahlte und dass sie nicht mit Reue oder Verlegenheit verwechselt werden sollte, denn sie war weder bewusst noch analytisch. Scham wurde mit Produktion assoziiert, mit dem Körper als Produkt und mit den Produkten des Körpers. Es wäre einfacher gewesen, den Gedanken in dreidimensionaler Form darzustellen, und G wusste, dass andere ihn so dargestellt hatten; aber eine Form konnte nur nachbilden, sie konnte weder zertrümmern noch zerbrechen. Die Form schwieg, während G sich Offenbarung wünschte. Sie wollte sprechen, erzählen. Das Erzählen hatte anscheinend etwas mit Kindheit zu tun, also malte sie ein paar Kindheitsbilder. Sie waren furchtbar, pornografisch und hämisch, doch darunter spürte G eine vulkanische Strömung, als könnte die Oberfläche jederzeit Risse bekommen und aufplatzen. Nun musste sie nicht länger Gipfel besteigen und sich verausgaben. Sie bot ihre Produkte mit einem angewiderten Lächeln feil.

G vergaß, dass andere Menschen ihre Bilder anschauen würden. Sie malte alles, was sie fürchtete und hasste, das aber so fröhlich wie ein Kind, das insgeheim Macht ausübt, indem es seine Spielfiguren einander Dinge antun lässt. Was fehlte, waren Genauigkeit und Verheerung. Wie konnte sie der Scham Genauigkeit aufzwingen? Die von der Scham produzierten Narrative waren für gewöhnlich Fabrikationen der Vorstellungskraft, die in Fantasy oder Pornografie resultierten. Aber G wollte sich nichts vorstellen, sie wollte benennen. Anhand von Fotos malte sie das Porträt einer Frau. Die Fotos, sie zeigten die Frau in unterschiedlichen Posen auf einem Leopardenfell, hatte G in einer Zeitschrift gefunden, die zu Zeiten ihrer Kindheit erschienen war. Sie wirkten altmodisch und üppig, glamourös, leicht pornografisch. G konnte sich erinnern, damals solche Bilder gesehen und eine besondere Art von Beunruhigung gefühlt zu haben. Ihre Mädchenhaftigkeit, die sie immer noch mit sich herumtrug wie einen ungeöffneten Brief, war davor zurückgeschreckt wie vor der Nachricht von einer Verschwörung in Vergangenheit, Gegenwart und Zukunft, einer Verschwörung nicht nur von sanftmütigen, willigen Frauen, sondern zwischen den Frauen und dem Schöpfer dieser Bilder. Warum hatte keiner eingegriffen, als sich das Horrorszenario mit dem Fotografen und der Frau auf dem Leopardenfell zutrug? G hasste Fotografen, sie waren feige Voyeure. Und sie hasste die Frau auf dem Foto, die sie ebenso fürchtete wie beschuldigte. Sie hielt ihr eine historische Schuld vor, weil irgendwer die Verantwortung für diesen schmutzigen Pakt der Geschichte übernehmen musste, der den Unterschied zwischen Bild und Sein verleugnete. Aus dieser Komplizenschaft ergaben sich die Bedingungen, zu denen G aus dem Bild ausgeschlossen wurde. Die Komplizenschaft schickte G ins Exil und zwang sie dazu, sich zu verstecken. Als Komplizin war G abnorm und inakzeptabel. Die Komplizenschaft machte alle Frauen zu Nicht-Künstlerinnen. G malte mehrere Porträts der Frau, bis sie den Eindruck gewann, sie hätte den Fotografen ermordet und ersetzt, vielleicht sogar an seiner Stelle Buße getan. Irgendwann ließ auch ihre Wut auf die Frau nach; sie beschloss, sie zu lieben. Sie überschüttete sie mit Aufmerksamkeit und fühlte sich sofort besser, und als ihr klar wurde, dass die Frau aus dem Foto inzwischen wohl ziemlich alt war, zerlegte sie sie behutsam und versetzte sie in einen Zustand aus Farbe, Licht und Nichtexistenz zurück.

G hielt an ihrer diffusen Art der Wahrnehmung fest und nutzte sie, um eine Geschichte ihrer sexuellen Begegnungen zu schreiben. Wie sie merkte, war sie frei von Scham und ihre sexuelle Erinnerung eine Art heidnische Seelsorge, ein orgiastisches Panorama in himmlischen Farben. Anstatt sich mit darstellerischen Höchstleistungen oder Satire zu erschöpfen, stellte sie ihr technisches Können in den Dienst einer inneren Selbstbeschreibung und brachte es durch disziplinierte Freizügigkeit zu bemerkenswerter Genauigkeit. Wie bizarr und unzugänglich sie ihre Vorstellungen auch fand – als Wahrheit funktionierten sie erschreckend gut. Der hässliche, gutmütige Galerist verfolgte diese Entwicklung in heiterer Zufriedenheit, und sie sagte ihm nie, dass sie eigentlich damit gerechnet hatte, dass er sie fallenließ, sobald er die neuen Arbeiten sah; dass irgendjemand außer ihr einen Sinn darin erkannte, war ihr undenkbar erschienen. Eines Tages hielt er die Zeit für Gs erste Einzelausstellung gekommen, und dann verbreitete er die Kunde von ihren jüngsten Anstrengungen auf die für ihn typische zaghafte, umständliche Weise, mit der er fokussierte und ehrgeizige Leute regelmäßig in seinen Bann schlug.

Zu der Zeit lernte G ihren Mann kennen. Bei einer Party hatte jemand – ein Kritiker – sie gefragt, ob sie in einer stabilen Beziehung lebe; er hoffe das für sie, denn die Aufmerksamkeit, die ihr in Zukunft zuteilwürde, habe auf eine junge Frau wie sie möglicherweise einen destabilisierenden Effekt. G dachte bei sich, dass sie sich eigentlich nichts mehr wünschte, als destabilisiert zu werden, dennoch schien die Warnung sie zutiefst aufgeschreckt zu haben, denn beim zweiten oder dritten Treffen mit ihrem zukünftigen Ehemann war sie bereit, mit erhobenen Händen herauszukommen wie eine in die Enge getriebene Verdächtige im Film. Er war Anwalt und irgendein Freund hatte ihn zu Gs Vernissage mitgebracht, wo er, statt sich zu unterhalten, längere Zeit herumgegangen war und die Bilder betrachtet hatte. Seine einsame Selbstgenügsamkeit war ihr aufgefallen, aber verführt hatte sie seine Missbilligung. Sie erkannte darin ein Zeichen von Autorität. Obwohl er behauptete, nichts von Kunst zu verstehen, was mit einem Schlag ihre Leistung schmälerte und seine Aura von Wichtigkeit steigerte, gab er G zu verstehen, ihre Arbeiten hätten etwas moralisch Abstoßendes, dessen sie sich vielleicht gar nicht bewusst sei. Die Ausstellung brachte ihr außerordentlich gute Kritiken ein, was für ihn aber nur ein Beweis dafür war, dass die Leute sich gedankenlos an ihrer Selbstentblößung ergötzten. G war schon lange keiner Autorität mehr begegnet, also hieß sie sie freudig willkommen. Der missbilligende Ton war etwas, das sie längst verloren geglaubt hatte und das ihr vertraut war. Später bemühte er sich, ihre wilden Jahre in einem historischen Zusammenhang zu sehen, vor allem, als ihm klar wurde, wie viel Profit sich daraus schlagen ließ; doch anfangs bezog sein Ekel sich nicht bloß auf ihr Werk, sondern auf sie, besser gesagt behandelte er beides als ein und dasselbe. Wie eine Hündin, die zu einem grausamen Herrn zurückschleicht, reagierte sie auf den Ruf seines Ekels, fast so, wie sie pflichtbewusst zu der Telefonzelle am Ende der Straße gegangen war, um ihn über Land und Meer hinweg zu empfangen.

Nun folgte eine Zeit der großen Umstrukturierung und Neuorganisation. G zog in die Wohnung des Mannes ein und passte sich seinem Lebensstil an, der sehr viel bürgerlicher war als ihr eigener. Er führte, glaubte sie damals, das Leben eines Erwachsenen. Wenn er bei der Arbeit war, ging sie durch die sonnigen Zimmer und berührte die Einrichtungsgegenstände. Sie war eifersüchtig auf seine frühere Freundin, die schöner war als sie; sie fürchtete, er könnte die Frau immer noch lieben. Nach einem Abend mit Gs Freunden legte er ihr in allen Details sein Urteil über Charakter und Benehmen dieser Leute dar, woraufhin sie feststellte, dass sie sie nicht mehr so gernhatte wie zuvor. Sie wurde ungeselliger und unfreundlicher und verlor das Gemeinschaftsgefühl, das sie mit Künstlerinnen ihres Alters verbunden hatte. Ihr Galerist äußerte sich nicht zu Gs Mann, und sein Schweigen schien etwas von ihr zu beinhalten, etwas Unheilvolles, das mit Verrat verwandt war. Wenn er G ansah, war es, als erinnerte er sich an einen Menschen, den G schlecht behandelt hatte. Langsam zog G sich von ihrem Galeristen zurück; ihre Beziehung war plötzlich von Distanz und Förmlichkeit geprägt. Ihr Mann ging dazu über, das Auftreten des Galeristen ihr gegenüber kritisch zu kommentieren und zu betonen, andere Künstlerinnen erführen mehr Respekt und Anerkennung. Die Tage, an denen er behauptet hatte, er verstehe nichts von Kunst, lagen weit zurück. Er regelte ihr Leben wie ein Mandat. Zum ersten Mal war G nicht mehr in der Lage, Situationen richtig zu deuten, manchmal geriet sie sogar mit anderen in Konflikt. Sie fühlte sich bedrängt und schutzlos.

Doch sie verdiente Geld mit ihren Bildern und ihr Stern stieg schnell. Sie vergaß, dass der Grund dafür eine Arbeit war, die sie geleistet hatte, bevor sie ihren Mann traf, und schrieb die neugefundene Sicherheit ihm zu. Ihr Werk wurde düster und auf eine formale Weise schön. Sie malte eine Serie von großen Ölbildern, die eine nahtlose, fast nichtssagende Oberfläche zeigten, leicht gekräuselt wie die Oberfläche des Meeres. Stumm und friedlich schienen sie zwischen Tod und Leben zu hängen. Sie deuteten etwas Nichtmenschliches an, eine spirituelle Suche. G hatte nie daran gedacht, Mutter zu werden, aber nun dachte sie daran. Als jüngere Frau hatte sie einmal festgestellt, dass sie schwanger war – von wem, wusste sie nicht –, und ohne Zögern oder Gefühle eine Abtreibung vornehmen lassen. Die Vorstellung, bei etwas so Rationalem Gefühle zu entwickeln, hatte sie verachtet. Sie hatte ihren Körper von einem Eindringling befreit, wie sie einen Vogel aus einem Zimmer gescheucht hätte. Als sie ihrem Mann davon erzählte, sah er sie angewidert an. Das ist sehr traurig, sagte er. War es traurig? G dachte an den leeren Hohlraum, in dem ihre Trauer hätte sein sollen. Auf einmal hatte sie schreckliche Angst, ungeliebt zu sein. Sie stellte sich das hypothetische

Baby vor, das Baby, das sie verscheucht hatte. Unter ihr schien sich ein Abgrund des Horrors aufzutun. Wie sie nun erkannte, war sie monströs, ein Monster der moralischen Gleichgültigkeit. Würde ihr Mann sie erlösen, indem er ihr sein Kind schenkte? Der Gedanke schien ihn nicht gerade zu begeistern – schließlich war ihr auf diesem Gebiet nicht zu trauen. Aber dann gestattete er ihr doch, ihn zu überzeugen.

Die Schwangerschaft brachte G unbeholfen und peinlich berührt hinter sich. Die Leute in ihrem Umfeld wirkten ebenfalls peinlich berührt – was war das für eine grobe, biologische Masse, die sie ihnen und ihrem Empfinden da aufnötigte? Ihre Loyalität geriet ins Wanken, als eine furchtbare Wahrheit, die Wahrheit der weiblichen Kaste, langsam und unerbittlich in ihr Sichtfeld geriet, zusammen mit qualmenden Feuern des Unrechts und der Dienstbarkeit. Sie erkannte, dass sie mit der Unterlegenheit liebäugelte, und sie betrachtete die stromlinienförmigen Körper der Männer mit Entsetzen; sie hasste sie und wollte zugleich die Verwandtschaft mit ihnen nicht aufgeben. Das Kind war ein Mädchen, ein Ergebnis, das G sofort als Scheitern wertete. Sie hatte gehofft und erwartet, ihr Körper würde das Prestige des Maskulinen hervorbringen. Aber das Mädchen erfüllte Gs Leben bald mit Licht, ein Licht wie bei einer Weltendämmerung, frisch und klar und eine Offenbarung. Alles jenseits des Lichts war krank und korrupt, doch in seinem Kegel lag ein Geheimnis. G und das Baby teilten dieses Geheimnis. Einziges Problem war der Babykörper, der von G pausenlos umsorgt und überallhin mitgenommen werden musste. Oft wünschte sie sich, sie könnten sich einen Körper teilen wie in der Schwangerschaft. Andererseits hatte G sich durch die Geburt zurückgewonnen. Dieser Gewinn, plus Zinsen in Gestalt des Mädchens, war die Offenbarung. G wollte mit ihr davonlaufen, aber das Problem des Babykörpers und die Frage, wem er gehörte, hielten sie davon ab. Sie setzte das Baby mit allem gleich, was an ihr selbst und dem geteilten Geheimnis wahrhaftig war. Ihre Sehkraft war verdoppelt, nun da die Perspektive des Babys hinzukam; in dem, was zuvor nur die drängende Unordnung des Wirklichen gewesen war, erkannte sie nun Gut und Böse. Auch ihren Mann konnte sie deutlicher erkennen, ohne die Illusion der Liebe. Eines Abends hatten sie einen furchtbaren, beängstigenden Streit, und sie nahm das Baby und schlief in einem anderen Zimmer. Zum ersten Mal hatte sie dem Drang nachgegeben, mit dem Kind wegzulaufen, und als sie verletzt neben ihm in der Dunkelheit lag, badete sie in einem ungekannten Gefühl von Trost und Frieden. Wenige Minuten später wurde die Tür geöffnet und die Silhouette ihres Mannes erschien im Rahmen. Er sah die beiden dort liegen, trat forsch ein, nahm das Kind, trug es hinaus und schloss die Tür fest hinter sich.

G blieb nichts übrig, als in ihr Atelier zurückzukehren und zu arbeiten. Sie engagierte ein Kindermädchen, das sich um das Baby kümmern sollte. Das Kindermädchen war ihre Arbeitssklavin, ihr Alter Ego, ihre Scham. G arbeitete gut, erfüllt von Kompetenz und Zorn. Wenn sie von der Arbeit nach Hause kam, war ihr Mann oft schon da, zusammen mit dem Kindermädchen und der Tochter. Mit einem vorwurfsvoll verkniffenen Ausdruck kümmerte er sich um sie, obwohl G das Kindermädchen dafür bezahlte. Er verbrachte immer mehr Zeit daheim, und ihr war klar, dass er das nur tat, damit sie die gemeinsame Tochter nicht für sich beanspruchte. Im Laufe der Zeit bekam sie hingegen den Verdacht, es liege eher daran, dass ihre Liebe fehlerhaft war und sie selbst nicht zu Hause bleiben wollte. Das

Kindermädchen bewunderte den Ehemann sehr; offenbar kam es einem Wunder gleich, wenn ein Mann sich um sein Kind kümmerte. Normalerweise saßen die drei in der Küche, die aus irgendeinem Grund zum Aufführungsort ihres Lebens geworden war, eine Bühne, auf der sie ihre Rollen spielten. Wenn G hereinkam, gab es immer den Moment, wenn sie verstummten und G ansahen. Mit der Zeit schien ihre Tochter sie über eine unüberwindbare Distanz hinweg anzusehen, wie eine Person, die sie nicht mehr kannte, an die sie sich aber erinnern konnte.

Auf Manns Hof verstrichen die Tage langsam und ununterscheidbar, als handelte es sich um den immer selben Tag, der sich lediglich aus verschiedenen Blickwinkeln zeigte, ähnlich wie die Facetten eines Diamanten. Im Morgengrauen war der Himmel rosa, die moppähnlichen Glieder der vielarmigen Kakteen lagen unter dem neuen Licht schlafend am Boden. Langsam weckte die Sonne das leere Tal und zog die Vorhänge aus Schatten von den bewaldeten Hängen, den Schilfgürteln und den Büschen wie verworrene Haare. Die ockergelbe Wunde des Steinbruchs begann zu glimmen, sobald Sonnenlicht darauf traf, und Vogelgesang und das Rascheln des Viehs im vertrockneten Olivenhain durchdrang die gespannte Stille. Wir gingen auf dem Pfad zum Wasser hinunter und begegneten den Ziegen, die mit klappernden Glocken auseinanderliefen. Der steile, steinige Weg nahm hoch über dem Meer eine Windung nach der anderen. Dort oben stand ein verlassenes Haus am Ende eines Wegs, der vom Pfad abzweigte; manchmal leuchtete das rote Dach hinter einem Baldachin aus Olivenzweigen. Einmal stiegen wir hinauf, um es uns anzusehen, wie angelockt von seinem Bezug zu unserer Menschlichkeit. Das langgestreckte, niedrige Gebäude stand auf einer trostlosen Freifläche, die Mauern waren blendend weiß gekalkt und die Fenster gingen direkt aufs Meer hinaus. Dahinter erhob sich der Berg wie eine bösartige Pyramide, als wollte er sich über dieses Zeugnis eines Scheiterns lustig machen; das Dach war an einigen Stellen eingefallen, auf den Trümmern der Nebengebäude kletterten Ziegen herum. Durch die Fenster bot sich ein Blick auf immer noch möblierte Zimmer, auf Töpfe und Pfannen in Küchenregalen und einen vor den verrußten Kamin gezogenen Stuhl. An einem Haken hing ein Mantel und auf dem Esstisch lag eine Zeitung, als wären die Bewohner eben erst verschwunden.

Eines Nachmittags gingen wir auf dem Rückweg zur Hütte am Hofhaus vorbei und bemerkten einen Mann im Garten. Er war sehr groß und hager und hatte langes, wildes, weißes Haar und einen schmutzig weißen Bart. Seine schmalen Lippen waren leicht geöffnet und entblößten Lücken zwischen gelben Zähnen. Er war barfuß und seine Kleidung kaum mehr als dreckige Lumpen. Er sah uns und lächelte andeutungsweise und halb verwirrt, als wüsste er nicht genau, wer und wo er war. Ein schrecklicher Fleck zog sich von seinem Bart bis auf die kümmerliche Brust. In dem Moment kam Manns Frau heraus, gefolgt vom Hund. Sie sagte etwas zu dem Mann, ihr Ausdruck wirkte ungeduldig, aber er kehrte ihr gebieterisch den Rücken zu und hob den Kopf, als lausche er auf ein fernes Geräusch. Als sie uns sah, kam sie herüber und redete mit uns. Der Mann starrte in die Ferne wie ein zerstreuter Prophet und schien uns nicht zur Kenntnis zu nehmen, aber dann folgte er ihr doch, als habe er das eben selbst so beschlossen.

Das ist Mann, sagte sie. Mein Ehemann.

Die Hitze an dem Tag war brutal. Das Tal lag da wie betäubt und pulsierte in der flirrenden Luft. Die Kühe standen unter den Oliven und ließen die Köpfe hängen. Manns Frau wollte wissen, ob es in der Hütte zu warm sei, und dann bot sie an, uns einen Ventilator zu bringen.

Wenn sie es kühl haben wollen, sollten sie nicht herkommen, sagte Mann plötzlich mit einer hohen, klaren, artikulierten Stimme, die absolut nicht zu seiner wilden Erscheinung passte.

Seine Frau lachte verächtlich.

Zu spät, sagte sie. Sie sind schon da.

Er hob eine Hand, wie um sie zum Schweigen zu bringen. Er war so dünn, dass die Sehnen an seinem verdreckten Hals und an seinen Armen sich unter der Haut wölbten.

In dem Fall, sagte er, sollten sie es halten wie die Tiere und im Schatten bleiben.

Nach unserem ersten Erschrecken über Manns Aussehen traten seine Gesichtszüge deutlicher hervor. Zwischen den verfilzten Haaren und dem Bart zeigte sich eine hohe, gerundete Stirn und eine zarte, schmale Nase. Seine Wangenknochen waren breit und flach, die Augen von einem eigenartig hellen Grün. Er hielt sie offen und blinzelte nicht, wie in messianischer Verzückung. Seine Frau betrachtete ihn mit offener Verachtung.

Nicht jeder will leben wie ein Tier, sagte sie.

Mann drehte langsam den Kopf in ihre Richtung, als hätte er entschieden, sie endlich wahrzunehmen. Seine Zerstreutheit hatte etwas Einstudiertes, als wäre sie eine vorgefertigte Reaktion auf Leute, die seine Autorität herausforderten.

Nicht jeder hängt bürgerlichen Werten an wie du, sagte er.

Ihr Gesicht lief dunkelrot an, ihre Augen blitzten.

Was ist falsch an einem sauberen, gemütlichen Zuhause?, fragte sie. Vor allem, wenn man Kinder hat.

Ungeduldig warf Mann den Kopf in den Nacken.

Ach, Kinder!, sagte er höhnisch. Wie oft habe ich es schon erlebt, dass Leute sie vorschieben, um ihre Prinzipien aufzugeben.

Der Hund begann zu winseln, Manns Frau legte ihm eine Hand auf den Kopf.

Kinder haben natürliche Prinzipien, sagte sie hitzig, woraufhin Mann den schmalen Mund öffnete und ein keuchendes Lachen ausstieß.

Da sind sie wohl die Einzigen, sagte er.

Später an dem Nachmittag brachte Manns Frau uns den Ventilator. Der schwarze Hund sprang mühelos über das Tor und trottete in den Garten, Manns Frau kam langsamer hinterher. Sie war nass geschwitzt und setzte sich zu uns in den Schatten. Sie trug ein verwaschenes lila Sommerkleid, das ihre starken, gebräunten Schultern und Arme ausstellte. Ihre hellwachen blauen Augen jagten hin und her, während sie das Tal beobachtete.

Eine unangenehme Hitze, sagte sie, und sie wird noch schlimmer.

Der Hund hatte sich hechelnd zu ihren Füßen eingerollt, sein Bauch hob und senkte sich schnell, doch selbst in der Hitze konnte er kaum stillhalten. Bei jeder Bewegung der Frau riss er den Kopf hoch und sah sich um.

Sie fragte, ob wir den Pfad ans Meer gefunden hätten, und wir erzählten ihr von dem verlassenen Haus, das einen so gespenstisch bewohnten Eindruck machte. Sie sagte, es habe jahrelang derselben Familie gehört, aber nun seien die alten Eltern gestorben und die Kinder wollten verkaufen. Sie hatten schnellstmöglich die Insel verlassen, sobald sie konnten. Sie waren nie zurückgekehrt, und nun wollten sie das Haus an einen Investor verkaufen, der dort vielleicht ein Hotel bauen würde. Lage und Meerblick waren so außergewöhnlich, dass sie es zu einem sehr hohen Preis anboten, aber wann immer sich ein Investor fand, verweigerte der Gemeinderat die Baugenehmigung. Die Kinder sind sehr verärgert, sagte sie, aber auch sehr hartnäckig. Sie haben beschlossen, auf das Geld zu warten, denn sie glauben, dass im Gemeinderat eines Tages andere Mitglieder sitzen und die Genehmigung erteilen werden. Das Haus haben sie nicht angerührt, und nach ihren Plänen würde es abgerissen. Sie haben alles so gelassen, wie es beim Tod der Eltern war. Ihre Kleider liegen immer noch im Schrank, im Bad stehen ihre Zahnbürsten und in den Regalen ihre Vorräte, und ich muss oft daran denken, wie die alten Leute sich fühlen würden, wenn sie wüssten, dass sie dermaßen bloßgestellt werden.

Sie entschuldigte sich für ihren Akzent; dass sie ihn behalten habe, sei ihr klar, dabei habe sie inzwischen länger hier gelebt als in Deutschland.

Ich weiß nicht, warum ich den Akzent nicht loswerde, sagte sie. Er klebt an mir wie die Hündin. Sie gehört Mann, aber das weiß sie anscheinend nicht.

Sie saß völlig unbefangen da und hatte die gebräunten Beine weit auseinandergestellt und die Ellenbogen auf die Armlehnen gestützt. Hin und wieder schob sie mit mechanischer Geste die Haarsträhnen beiseite, die ihr immer wieder ins Gesicht fielen.

Meine Tochter hat denselben Akzent, sagte sie, obwohl sie erst wenige Male in ihrem Leben in Deutschland war. Sie fühlt sich dort nicht zu Hause, und ich auch nicht mehr. Als Kind war sie sehr krank, und meine Familie konnte nicht glauben, dass ich sie nicht für eine Behandlung dorthin brachte. Für sie ist ein krankes Kind ein Zeichen, dass man nicht mehr davonlaufen kann und in ihre Wirklichkeit zurückkehren sollte. Ein Ort wie dieser ist für sie nicht ganz real, als würden hier keine Kinder geboren und als hätten die Menschen, nur weil sie nicht in Deutschland sind, keine Gefühle und keinen Glauben an ihr Leben. Es ist ironisch, sagte sie, weil die Leute hier sehr viel länger leben, so lange, dass einige nicht einmal wissen, wie alt sie sind. Sie können sich an Schnee auf dem Berg erinnern. An eine Zeit, als es hier noch Geister gab, die für sie so real waren wie sie selber. Von dieser Zeit ist nichts geblieben, aber anscheinend kümmert sie das nicht. Sie mögen zwar länger leben, doch ihr Verhältnis zum Tod war immer schon innig.

Sie erzählte von einer Inseltradition, vielleicht sei es auch nur ein Mythos, der zufolge in jeder Gemeinde eine Person lebte, die die Leute rufen konnten und die ihnen beim Sterben half wie eine Hebamme bei einer Geburt. In der Tat habe sie gehört, dass oft ein und dieselbe Person beide Aufgaben übernahm. Die Hilfe im Sterbefall klang erschreckend: Wenn jemand beschlossen hatte, dass seine Zeit gekommen war, erledigte die Hebamme den Job auf möglichst effektive Weise. Manns Frau sagte, ein einziger Schlag mit dem Hammer, während die betreffende Person schlief, sei die gängige Methode, sie habe diese Hämmer sogar gesehen – hölzerne, knüppelartige Instrumente, die oft aufwändig geschnitzt waren –, nicht nur im Inselmuseum, sondern bei den Leuten zu Hause. Der Legende nach gaben sie der Hebamme das Zeichen, indem sie ihre Haustür abends unauffällig einen Spaltbreit geöffnet ließen. Man denkt natürlich gleich daran, wie schnell da ein Missverständnis entstehen könnte, sagte sie, aber ich glaube, dass diese Frau – und offenbar ist es immer eine Frau – ein Gespür dafür hat, wann die Botschaft sich an sie richtet.

Weit unten, am Ende des köchelnden Tals, zerteilten Schnellboote die flache Wasseroberfläche im Zickzack und hinterließen weiße Furchen im Meer. Motorengeräusch und Rufe waren schwach zu hören. Gegenüber und in der Ferne lag der Steinbruch, wo winzige Bagger sich mechanisch bewegten und in der Sonne funkelten. Die geschmeidigen Maschinen schienen einer anderen Wirklichkeit anzugehören als unser heißer Berghang mit den primitiven Szenen menschlicher Mühsal.

Er wollte den Steinbruch verhindern, sagte Manns Frau. Ich habe ganz vergessen, dass man ihn von hier aus noch sehen kann. Er hat überall Bäume gepflanzt, als Sichtschutz. Für ihn war es der Anfang vom Ende, als die Abbaufirma hier ankam. Er verstand nicht, wie die Einheimischen sich einfach damit abfinden konnten. Er hat die Bäume gepflanzt, weil er den Anblick nicht ertrug, und dann musste er ihn nicht mehr sehen.

Die Hündin hob den Kopf und legte ihn ihr aufs Knie, aber die Frau schob ihn sanft weg und fächelte sich mit der anderen Hand Luft zu.

Lola, es ist zu warm, sagte sie.

Sie wischte sich über die Stirn und stand auf, die Hündin sprang in die Höhe und umkreiste sie. Die Frau erzählte, sie werde bald für ein paar Tage nach Deutschland reisen, weil ihre Mutter krank sei. Die Haushälterin Grazia – die winzige, alte Frau, die wir gesehen hatten – werde uns helfen, falls wir etwas brauchten. Ihre Mutter sei schon eine ganze Weile krank. Sie konnte nichts für sie tun, doch um einen Pflichtbesuch kam sie nicht herum; ständig stritt die Familie darüber, wer als Nächstes an der Reihe war. Der Kontrast zum Inselleben sei sehr groß, hier würden die alten Leute so geliebt, dass ihr inzwischen vor den Besuchen bei der Mutter graue. Der Zynismus der familiären Verbindung fühlte sich für sie zunehmend an wie etwas, das sie ansprechen musste, bevor es zu spät war. Aber wenn sie dort ankam, wurde ihr jedes Mal klar, wie unmöglich eine solche Aussprache war.

Meine Mutter versteht mein Leben nicht, sagte sie. Sie behauptet, ich wäre ein Arbeitstier. Ich finde es seltsam, dass eine Mutter ihr Kind als Tier bezeichnet, aber die Wahrheit ist oft grausam. Wenn ich nach Deutschland reise, fühle ich mich wie aus einem Traum aufgewacht. Natürlich hat sich diese Wirklichkeit seit meinem Weggang verändert, ich gehöre nicht mehr dorthin, aber in gewisser Hinsicht lebe ich tatsächlich in einem Traum. Ich kenne mich dort nicht aus, sagte sie und kniff verwundert die Augen zusammen. Aber hier schon, sagte sie.

G freundete sich mit einer Malerin ihres Alters an. Sie hatte nicht viele Freundinnen. Du und ich, wir gehören zur alten Garde, sagte die Malerin zu ihr, wobei sie nicht nur ihr Alter meinte, sondern das Medium Farbe, und da wäre G am liebsten gerannt, so schnell sie konnte. Die Malerin sprach über ihren Körper, als berge er keine Geheimnisse, und G merkte, dass die Scham sie wieder im Griff hatte. Dass die Malerin so fröhlich über ihre eigene Überflüssigkeit sprach, kam G unaufrichtig vor; sie fand aber keine Argumente, um ihre Ansicht zu untermauern.

G malte eine Serie aus großformatigen erotischen Bildern, in denen sie ihre Verbitterung und Gehemmtheit unterbringen wollte. Anscheinend genoss sie alle Freiheiten des männlichen Körpers, doch in Wahrheit fühlte es sich an wie eine schreckliche Übertragung, wenn nicht gar Hass. Sie fragte sich, ob Maler ihre Aktmodelle auf dieselbe Weise hassten. Sie hielt sich von der Wirklichkeit fern und arbeitete stattdessen mit Fotovorlagen. Ihre Bilder kamen ihr zynisch und verlogen vor, aber Zynismus und Verlogenheit waren sehr gefragt, zumindest verrieten ihr das die

Reaktionen des Galeristen. Neuerdings neigte sie dazu, zu glauben, was andere über ihr Werk sagten. In seiner Autonomie hatte es einen radikalen Abstand zu ihrem Bewusstsein geschaffen, in dem riesige und oft namenlose Formen in einer kolossalen, unantastbaren Gewalt dümpelten.

Gehorsam fügte sie sich in die karge Routine des Familienlebens. Wenn sie bei Partys oder Vernissagen mit männlichen Kollegen sprach, sah sie die anderen als frei und sich selbst als gefangen. Selbst wenn die anderen Familie hatten, erzählte sie sich die Geschichte ihrer Freiheit. Sie hatten keinen Zeitplan und keine Eile, denn sie erlebten einen glitzernden Moment nach dem anderen. G glaubte, in parallelen Wirklichkeiten zu leben, und dachte an Flughafenuhren, die die Zeit in verschiedenen Städten auf der Welt anzeigen. Die Männer sahen ihr direkt in die Augen, als wollten sie ihr vermitteln, wie überglücklich sie darüber waren, mit dem eigenen Körper im Einklang zu sein. Sie nahmen Gs Verschiebung wahr. Sie kleideten sich in Eigennutz. Die Verwunderung in ihrem Blick erinnerte G an ihre Jugend.

Die Malerin besuchte die Partys nie – sie sagte, sie bleibe lieber zu Hause. Sie und ihr Sohn wohnten in einem gemütlichen, unaufgeräumten Haus, wo ein ständiges Kommen und Gehen herrschte. Oft malte sie willkürliche, rahmenlose Ausschnitte der Innenräume, als wäre sie nur ein Objekt, das schuldlos andere Objekte sieht. Die Bilder erinnerten G daran, wie ihr Leben sich früher angefühlt hatte und sich nun nicht mehr anfühlte. Sie waren auf seltsame Weise erschreckend, und sei es nur, weil sie sich nicht am moralischen Feilschen um Darstellung beteiligten. Ihre eigenen Arbeiten wirkten daneben ausbeuterisch und gewollt. Die Malerin war erfolgreich und in der Hinsicht Gs einzige Rivalin, dennoch schien zwischen ihnen keine Rivalität zu bestehen. Im Gegenteil, die Malerin behandelte sie wie eine Verbündete. Sie begegnete G mit einer Loyalität und Offenheit, von der G nicht wusste, ob sie sie erwidern konnte. Im Atelier der Malerin, das ans Haus angebaut war und in dem ihr Sohn oft herumrannte, überwältigte G manchmal das würgende Gefühl, von allem abgeschnitten zu sein, was ihr teuer war. Sie fühlte sich von der Weiblichkeit der Malerin erdrückt, von ihrer Wärme und ihrem Mangel an Aggression. Die Malerin war so gelassen und unverplant wie ein Mann, aber auf andere Art. G wünschte sich für sie, sie würde gehetzt vor ihrer eigenen Zufriedenheit und der häuslichen Unordnung flüchten, als könnte sie durch einen Mangel an Hast unabsichtlich in den Treibsand der weiblichen Bedeutungslosigkeit geraten.

Die Malerin kam zu einem Abendessen zu G nach Hause. Sie war elegant gekleidet und wirkte sinnlich und schön. Sie sah sich in dem luxuriösen, sterilen Wohnzimmer um. Sie sah die Fotos von Gs Tochter, die überall hingen. Ihr Gesicht verriet Interesse und eine Spur Belustigung. Gs Mann behandelte sie mit ausgesuchter Höflichkeit, ein Zeichen für seinen Hass. Sie blieb bis weit nach Mitternacht, trank Wein und rauchte mehrere Zigaretten, und als Gs Mann pikiert fragte, ob er das Fenster öffnen dürfe, sah sie ihn aus großen, schönen Augen an und sagte: Was du tust, ist mir egal. Kurze Zeit später besuchte die Malerin G in ihrem Atelier in der Stadt. Sie nahm den Dreck und die Unordnung wahr und räumte dann einen der beiden Stühle frei, um sich setzen zu können. Grüblerisch betrachtete sie die Leinwand auf der Staffelei. Was ist das?, fragte sie.

G spürte, dass die Frage ein längeres Verhör nach sich ziehen würde, auch wenn die Malerin es wahrscheinlich gar nicht so meinte. Die Leute befragten sie nur selten. Anscheinend verstand nur ihr Ehemann, wie gern sie befragt und für ihr Verhalten verurteilt wurde. Die Bilder in ihrem Atelier waren unrechtmäßige Kommunikationsversuche hinter dem Rücken von Autoritätspersonen, die sie durchs Leben verfolgten. Wie sie nun erkannte, war ihre Vorstellung dessen, was jenseits der Parameter des Autoritären lag, zu verdreht und fiebrig. Sie fühlte Angst, Neid und Selbsthass, und sie hatte versucht, diese Gefühle zu verschleiern, indem sie intime Nähe zu dem vorschützte, was sie fürchtete. Das Bild auf der Staffelei war eine hässliche Fantasie von fremden Leuten und ihrem quälenden, bedrohlichen Begehren. Gs Mann stellte ihren moralischen Wert nicht mehr in Frage, zumindest nicht den ihrer Kunst. Er war ganz mit dem Geld beschäftigt, das sie verdiente, und sparte sich seine Missbilligung für sie als Privatperson auf. Dass er die hässlichen erotischen Bilder nicht zur Kenntnis nahm, bewies ihre Schwäche, so viel wurde G jetzt klar. Sie gefielen ihm sogar, weil sie schwach und verkäuflich waren. Sie könnte etwas tun, das ihn schockierte, denn das durch ihn verkörperte Urteil war schockempfindlich; sie wusste nur nicht, was. Ihre Fähigkeit zu schockieren war immer instinktiv und unbewusst gewesen.

Die Malerin fragte G nur halb im Scherz, ob sie ein Doppelleben führe, und G erinnerte sich an die Dinnerparty, als ihre Konventionalität so demütigend ausgestellt wurde. Die Malerin hatte alles gesehen, sie wusste Bescheid. G wollte protestieren und sagen, sie habe alles, was die Malerin dort gesehen hatte, nicht selbst entschieden, aber das stimmte eigentlich nicht. Sie hatte es sehr wohl entschieden, hatte es manchmal sogar erzwungen. Sie wollte, dass jemand sie nach dem Grund fragte und sie durchschaute wie ihr Mann, nur von der anderen Seite des Spiegels. Die Malerin wollte wissen, wo in dem Bild Gs Tochter sei. Bei der Frage spürte G eine Erschütterung unter sich, als stünde sie plötzlich in einem schlingernden Boot. Die Unentrinnbarkeit ihres Lebens schurrte blitzschnell auf dieses kleine, wackelige Boot zusammen. Einen Mann, fuhr die Malerin fort, noch bevor G es selbst aussprechen konnte, würde ich so etwas natürlich niemals fragen.

Ungefähr zu der Zeit erfuhr Gs Mann, dass sein Vater am anderen Ende des Landes im Sterben lag. Seine Mutter bat ihn, zu kommen und sie zu unterstützen, aber er weigerte sich. Er erklärte ihr, dass er seine Verpflichtungen nicht einfach so aufgeben konnte; sie würde allein zurechtkommen müssen. G hörte, wie ihr Mann mit seiner Mutter telefonierte. Sie hörte die Mutter weinen, während er mit ihr schimpfte – oft schimpfte er auf genau dieselbe Weise mit G. Er klang dabei vernünftig und sehr wichtig, aber das blecherne Weinen aus dem Hörer bedeutete in Gs Ohren Horror in einem neuen Ausmaß. Später erlitt die Mutter einen Schlaganfall und wurde ins Krankenhaus eingeliefert, und da hatte Gs Mann keine Wahl mehr und fuhr – höchst widerwillig – zu seinem Vater.

Der Vater ließ sich mit dem Sterben viel Zeit, und in der unverkürzbaren Abwesenheit ihres Mannes war G von seiner Kontrolle befreit. Die Macht des Todes beeindruckte und erleichterte sie. Sie fuhr mit ihrer Tochter und dem Kindermädchen aufs Land und verbrachte die Tage im unverbrauchten Licht und in der Freiheit des Todes. Sie ging nicht ins Atelier. Zu dritt saßen sie auf einer Bank im Garten und redeten. Das Kindermädchen konnte gut erzählen. Sie erzählte Geschichten vom Heranwachsen in einer Familie, in der sie das jüngste von neun Kindern war. Die Heldensagen der anderen acht, gleichsam aus der Froschperspektive betrachtet, bildeten den mitreißenden Plot der Geschichten. Die Schilderungen ihrer Arbeit als Kindermädchen waren indiskret genug, um unterhaltsam zu sein. G hörte sich lachen, draußen auf der Bank im Garten. Das Kindermädchen war in einer ärmlichen Kleinstadt aufgewachsen, wo die Häuser direkt an der Durchgangsstraße standen. Ständig wurden Leute verletzt, manche kamen sogar vor der eigenen Tür zu Tode, und einmal war ein riesiger Lastwagen mitten in ein Haus hineingefahren, das in einer Kurve stand. Die Hausbewohner hatten geschlafen. Fast hätte G auch darüber gelacht, über die Vorstellung, wie diese Leute oben in ihren kleinen Betten lagen, während unter ihnen plötzlich nur noch Leere war. Einmal, sagte das Kindermädchen düster, schob eine Frau ihr Baby im Kinderwagen, und als sie über die Straße gehen wollte, bremste der Laster nicht. Er erfasste den Kinderwagen, und die Frau stand mit leeren Händen am Straßenrand.

Ganz offensichtlich kannte Gs Tochter die Geschichten bereits, denn manchmal fingen ihre Augen in Erwartung einer bestimmten Stelle zu leuchten an; gelegentlich half sie dem Gedächtnis des Kindermädchens auf die Sprünge. G fühlte sich seltsam dabei, ihr Kind von den Geschichten einer anderen Frau erfüllt zu sehen wie von fremder Muttermilch. Sie fragte sich, ob ihr Mann wusste, dass in den Adern ihrer Tochter eine so berauschende Milch zirkulierte. Am Morgen ging sie in die Küche und machte Pancakes. Sie bereitete sie sorgfältig zu, wie aus der Erinnerung, dabei besaß sie solche Erinnerungen gar nicht. Ihre Tochter und das Kindermädchen stürzten sich darauf, ohne Fragen zu stellen. Sie saßen da wie Vögel mit aufgesperrten Schnäbeln, und G fütterte sie. Wie sie merkte, war ihr das ganz natürlich. Es war wie ein tadellos funktionierender Körperteil, den sie nie benutzt hatte. Als sie später in ihr Gartenatelier ging, kam es ihr vor wie der verlassene Schauplatz ihrer Sorgen. Sie ließ die Tür offen stehen, wie die Tür eines Hauses, in dem gerade gestorben wird. Die

Ateliertür hinter sich zu schließen, hatte sie immer mit Erleichterung erfüllt, etwas war eingerastet, als träfen zwei Magneten endlich aufeinander. Das Gefühl, mit sich selbst vereint zu sein, war die logische Folge ihrer Angst, eine ihrer Hälften – die aus dem Atelier – könnte verlegt worden und unwiederbringlich verloren sein. Nun stand die Ateliertür offen, und Gs Tochter spazierte ein und aus. G räumte ein bisschen auf, oder sie arbeitete oberflächlich an fast fertigen Bildern weiter; sie wagte es nicht, sich zu konzentrieren. Ihr kam in den Sinn, dass es vielleicht eine zweite G gab, die nicht arbeitete. Ihre Tochter saß auf dem Sofa im Atelier und vertiefte sich mit einer ganz natürlichen Anspruchshaltung ins Lesen oder Zeichnen. Flüchtig hatte G vor Augen, wie ihr arbeitendes Ich sich erhob, einer Hexe gleich, und das Kind erschreckte oder hinausjagte. Wer war diese Hexe, die die natürliche Anspruchshaltung eines Kindes für ihr Stichwort hielt?

Eines Nachmittags sah Gs Tochter von ihrem Buch auf und fragte G, wozu es Männer geben müsse. Warum kann es nicht nur Mütter und Kinder geben?, fragte sie. G durchschaute die kühne und verstörende Frage sofort als Trick. Es war, als warteten die Wände auf eine Antwort. Anscheinend lautete diese Antwort, dass es Männer geben musste, weil G Männer für überlegen hielt. Die Vorstellung einer Welt voller Mütter und Kinder fand sie abstoßend. Es wäre eine Welt ohne die kristalline Härte der Beurteilung. Falls Männer verzichtbar waren, wäre Gs Wunsch nach Überlegenheit es ebenso. Mütter und Kinder setzte sie mit Mittelmäßigkeit gleich. Aber wie konnte das sein, wo sie doch selbst eine Mutter war? Männer sind toll, sagte sie. Vor sich selbst rechtfertigte sie die Antwort damit, dass sie zu einer ausgewogenen Haltung führen würde. Doch in den folgenden Tagen stichelte die Frage in ihr weiter, und sie erkannte, wie schwach und kompromittiert sie war. Sie dachte an ihre Freundin, die Malerin, und wusste, ihr Kind hätte lieber eine Frau wie sie zur Mutter. Die Malerin beließ die Männer im Hintergrund, und G verstand, dass dieser Entspanntheit ein tiefes und möglicherweise nicht persönlich gemeintes Misstrauen zugrunde lag. Die Malerin strebte kein bisschen nach männlicher Freiheit und männlichem Prestige, für G waren sie die stärkste Motivation.

G begann, ihre Tochter zu zeichnen, kindliche Bilder, die die Tochter mit Leichtigkeit hätte verbessern können. Während des Zeichnens sah sie das Kind nicht an; die Bilder kamen allein aus ihrer Hand. Ihre Hand war unbeholfen und dumm, schien sich aber des Sinns der Aufgabe bewusst zu werden. Weil G das Mädchen nicht ansah, fühlte es sich nicht beobachtet. Es handelte sich um einen Akt der reinen inneren Aufmerksamkeit. Diese Beobachtung war keine Untersuchung, sondern Bestätigung, ähnlich dem Läuten einer Glocke. Sie zeichnete noch andere Motive auf diese Weise, mit schwankenden, zittrigen Linien, und nie setzte sie den Stift ab. Anders als bei ihren frühen Kindheitsbildern wünschte sie sich keine Obszönität. Obszönität erkannte sie nur, wenn sie die überall im Haus aufgehängten Fotos ihrer Tochter sah. Ihrem Mann gelang es, der Tochter einen bestimmten Ausdruck zu entlocken und ihre Unschuld im selben Moment zu beflecken, in dem er sie aufnahm. Dieser kleine Übergriff war sein ganzer Stolz, und er beging ihn wieder und wieder. G sah, dass ihr Mann ihn mit Genialität verwechselte. Eines Nachmittags nahm sie mit wild klopfendem Herzen alle Bilder von der Wand.

Das Kindermädchen schien mit Gs Entwicklung recht zufrieden, fast wie der alte Galerist damals, wenn G einen neuen Zyklus begonnen hatte. Sie fügte sich G feierlich und lächelte zufrieden bei jedem neuen Hinweis darauf, dass die richtige Ordnung der Dinge wiederhergestellt war. Auch sie schien es ganz natürlich zu finden, dass das Wasser den Damm flutete, der es so lange zurückgehalten hatte. Niemand hielt den Dammbruch für eine Katastrophe, doch als Gs Mann zurückkam, wurde ihnen sofort bewusst, dass ein großes Unglück geschehen war. Er nahm seine Vertreibung wahr, die kahlen Wände, die Atmosphäre weiblicher Laxheit, und machte sich unverzüglich daran, seine Autorität wiederherzustellen. G hörte seine Stimme von überall, während er laute Kommandos erteilte und Urteile sprach. Das Kindermädchen lief kaltblütig über und nahm die gewohnte Haltung als seine Untergebene wieder ein. G spürte die eingerissenen Zäune überall dort, wo ihr Hass ausgebrochen war und sich befreit hatte. Ihr Mann sah, dass G sich ihren Hass auf ihn eingestanden hatte. Er sah blass aus, fast blutleer, und obwohl er den Tod seines Vaters schilderte wie eine Unannehmlichkeit, über die er eigentlich nicht zu reden wünschte, merkte sie, dass die Angst ihn so erbleichen ließ. Eines Nachmittags hörte sie, wie er ihre Tochter in den Garten rief. Das Kind saß auf dem Sofa im Atelier, G saß daneben im Sessel und zeichnete. Als sie seine Stimme hörten, sahen sie einander schweigend an. Er rief und rief und klang dabei immer ärgerlicher. Schließlich hörten sie seine Schritte, und dann stand er in der Tür. Der Anblick des Kindes auf dem Sofa ließ ihn kurz stutzen. Er musterte G im Sessel, dann durchquerte er, von plötzlichem Zorn gepackt, den Raum. G sah, wie ihre Tochter zusammenzuckte. Er packte sie beim Arm, zerrte sie grob auf die Beine, führte das zappelnde Kind hinaus und schloss die Tür hinter sich.

Im Frühjahr kehrten wir auf Manns Hof zurück. Als wir am Hauptgebäude ankamen, war niemand da. Lola, die schwarze Hündin, strich unruhig vor der verschlossenen Tür auf und ab. Sie folgte uns zur Hütte. Johann arbeitete auf dem angrenzenden Feld. Als er uns sah, ließ er den Spaten sinken, kam herüber und streichelte den seidigen Hundekopf. Er sagte uns, Manns Frau sei noch in Deutschland, käme aber bald zurück. Er sagte, ihre Mutter liege im Sterben.

Im Frühling war das Tal grüner und leuchtender, neben Johanns Wohnwagen schob das Gemüse seine Triebe in ordentlichen Reihen aus der Erde. Der Pfad ans Meer war von Wildblumen gesäumt, winzige Singvögel schossen fröhlich über die Felskante und stürzten sich in die Tiefe und dem Wasser entgegen. Das verlassene Haus wirkte unberührt, aber zwischen den Steinen der Freifläche grasten Pferde. Neuerdings begleitete Lola uns auf unseren Spaziergängen. Wie wild lief sie auf dem Hügel vor und zurück, sie sprang auf Findlinge, verschwand im Gebüsch und kam wieder herausgeschossen. Sie erschreckte die Pferde, die Ziegen flüchteten über rutschendes Schiefergeröll. Wie Johann erzählte, entfernte die Hündin sich jetzt manchmal weit vom Grundstück, einmal hatte er sie sogar oben an der Hauptstraße gesehen. Die Abwesenheit von Manns Frau verstört sie, sagte er. Sie weiß, dass die Dinge nicht sind, wie sie sein sollten.

Manchmal sahen wir Mann im Garten oder auf den Feldern am Haus, aber er schien uns weder zu bemerken noch wiederzuerkennen. Er lief herum wie in Trance, den weißen Kopf erhoben, als spüre er eine Gefahr. Manchmal zwängte er seinen langen Körper in ein winziges, außerordentlich verrostetes Auto und raste über die Schotterstraße zum Tor hinaus. Er trifft seine Kumpanen in der Stadt, sagte Johann und blickte dem Auto angewidert nach. Er sagte uns, vor unserem nächsten Spaziergang sollten wir ihm die Hündin bringen, dann würde er sie an seinem Wohnwagen festbinden.

Eines Nachmittags wurden wir auf dem Rückweg zum Hof von einem verstaubten, gelben Bus überholt, der direkt vor dem Tor hielt. Die Türen öffneten sich, und Manns Tochter stieg aus. Sie trug eine Schuluniform und hatte einen Rucksack über der Schulter. Sie grüßte höflich, und wir folgten ihr hinein. Hinter dem Tor schlug sie nicht den Weg zum Haus ein, sondern ging in die andere Richtung weiter, wo ein gewundener Pfad sich bis auf eine Hügelkuppe hinaufzog. Dort oben, auf einer ungeschützten Freifläche mit Blick ins Tal, sahen wir einen Wohnwagen, der früher im Olivenhain gestanden hatte. Daneben war eine Wäscheleine gespannt, unter der Markise standen Tisch und Stühle. Das Mädchen stieg langsam bergauf, und als sie den Wohnwagen erreichte, trat Grazias dunkle, kleine Gestalt mit dem schwarzen Kopftuch aus dem Markisenschatten.

Abends kam Johann vorbei. Er brachte uns Frühgemüse aus seinem Garten und erzählte, Manns Frau sei mit der Tochter und der Haushälterin in den Wohnwagen gezogen.

Schon vor einigen Wochen, sagte er, sobald es aufgehört hatte zu regnen.

Er setzte sich auf die Kiste, in der er das Gemüse transportiert hatte, und öffnete die mitgebrachte Bierflasche.

Sie hätte noch weiter auf Abstand gehen sollen, sagte er und blickte dabei skeptisch zum Wohnwagen hinauf, aber es gab keinen anderen Ort.

Er beschrieb, wie anstrengend es gewesen war, den Wohnwagen zu bewegen. Sie mussten ihn den Berg hinaufziehen. Mit der Hilfe einiger junger Männer aus dem Dorf hatten sie die Rinder davorgespannt.

Ich dachte, wir würden alle sterben, sagte er. Ein Seil ist gerissen, und da wäre der Wohnwagen fast auf uns gekippt. Ich weiß immer noch nicht, wie wir es geschafft haben, sagte er. Irgendwoher hatte sie eine enorme Kraft. Ich glaube, es war ihr Hass.

Johann setzte sich die Flasche an die Lippen und legte den Kopf zurück, so dass wir die Bewegungen an seinem kräftigen, braunen Hals sehen konnten, aber schon im nächsten Moment zeigte er uns wieder sein gebräuntes, leicht glänzendes Gesicht. Er hatte eine breite Oberlippe, eine wulstige Nase und helle Augen mit schweren Lidern. Er wischte sich mit dem Handrücken über den Mund.

Sie hasst ihn, sagte er zerknirscht, es wäre leichter gewesen, ihn einfach in die Schlucht zu schubsen.

Zwischen den beiden lief es schon länger schlecht, wie er sagte, aber der Tiefpunkt war erst erreicht, als Manns Frau herausfand, dass er hinter ihrem Rücken Landparzellen verkauft hatte. Seit Jahren, sagte Johann. Er hat eine Parzelle verkauft und dann einen lebenslangen Pachtvertrag mit dem neuen Eigentümer abgeschlossen. Nicht nur das, er war so dumm, die Parzellen weit unter Wert abzugeben und sich auf eine zu hohe Pacht einzulassen, so dass er schon bald weniger Geld hatte als vor dem Geschäft und gezwungen war, weitere Parzellen zu verkaufen. Alle außer ihr wussten Bescheid, dabei war es nur eine Frage der Zeit, bis sie es herausfinden würde, er machte sich nämlich nicht einmal die Mühe, sie ordentlich zu hintergehen. Aber es war nicht der Betrug, der sie so empörte, sagte Johann, sondern der Gedanke, dass das Tal ihn nur in Bezug auf sein eigenes Leben interessiert. Sie hatte in ihm immer den Beschützer dieses Ortes gesehen, aber nun stellte sich heraus, dass ihm egal ist, was daraus wird, solange er es nur nicht mitbekommt. Sie hätte seinen Egoismus noch verzeihen können, aber was ist mit ihrer Tochter?

In Wahrheit, sagte Johann, ist ihm auch das Mädchen egal. Sie ist unscheinbar und anständig, und sie befriedigt seine Eitelkeit nicht. Er hat Frauen überall auf der Insel, oder wenigstens hatte er sie, bevor er aussah wie ein verrückter Landstreicher. Ich war zweimal verheiratet, sagte Johann, und weiß aus eigener Erfahrung, dass es immer zwei Seiten gibt, aber in diesem Fall ist es tatsächlich nur eine. Es ist fast zu durchsichtig, sagte er verblüfft. Das einzig Durchsichtige an Mann, der sonst ein Chaos veranstaltet, wohin er auch geht.

Zwei Tage später kam Manns Frau zurück, und eines Nachmittags begegneten wir ihr am Tor zum Grundstück. Über die Insel fegte ein starker Wind, der nachts heulte und gegen die Dachrinne der Hütte drückte. Wir hatten an sie und ihre Tochter in dem Wohnwagen denken müssen, der dort oben auf der ungeschützten Freifläche auf dem Hügel stand. Sie erzählte uns, dass sie nach Deutschland musste, weil ihre Mutter im Sterben lag, aber es war nicht so verlaufen, wie sie erwartet hatte. Anfangs hatte sie verwirrt an ihrem Bett gesessen und darüber nachgedacht, dass es zwischen ihnen keine Liebe gab. Sie hatte sich gefragt, wie sie dieses letzte Kapitel hinter sich bringen sollten.

Einen ganzen Tag und eine Nacht lang saß ich neben ihr und hörte mir ihre gequälten Atemzüge an, sagte sie. Manchmal öffnete sie die Augen und sah mich an, und ich dachte, dass sie nun vielleicht die Worte aussprechen würde, die ich immer hören wollte. Ich dachte, sie würde etwas sagen oder mir ein Zeichen geben, aber sie hat die Augen einfach wieder geschlossen, als wäre ich nicht die Person, die sie zu sehen gehofft hatte. Am Morgen des zweiten Tages klingelte es an der Tür. Ich ging hin und öffnete sie, und davor stand eine junge Frau mit einem großen Rucksack auf dem Rücken. Sie war sehr klein und hatte langes, schwarzes Haar. Sie sagte, sie sei den ganzen Weg vom Bahnhof gelaufen, weil sie uns keine Umstände machen und sich nicht abholen lassen wollte. Ich hatte keine Ahnung, wer sie war, erzählte Manns Frau, aber sie sagte, sie sei bestellt worden, um meine Mutter in ihren letzten Stunden zu begleiten. Wie sie mir versicherte, würde sie meiner Mutter keine Minute von der Seite weichen. Wenn ich ihr zeigen würde, wo alles war, könnte ich gehen.

Manns Frau stellte sich breitbeinig gegen den Wind und verschränkte die Arme vor der Brust. Sie sah zum Tor hinaus auf die Straße, einen überraschten Ausdruck im Gesicht.

Ich zeigte ihr also die Wohnung, sagte sie, und dann habe ich ein letztes Mal nach meiner Mutter gesehen und bin gegangen. Heute Morgen hat die junge Frau angerufen und gesagt, es sei vorbei. Es habe länger gedauert als erwartet, weil meine Mutter sehr starken Widerstand geleistet habe. Sie sagte, sie könne sich nicht erklären, woher meine Mutter diese Kraft nahm, und nun bekomme ich den Satz nicht mehr aus dem Kopf. Aber ich bin froh, dass ich nicht diejenige war, die es mit ihrer Kraft aufnehmen musste. Ich denke ständig an die junge Frau, die jetzt wahrscheinlich ihren Rucksack nimmt und die nächste Familie aufsucht. Ich hätte nicht geglaubt, dass so eine Person existiert.

Sie drehte sich um und blickte zum Wohnwagen hinauf. Ihre Tochter stand in der Tür und erwartete sie schon. Sie winkte, und das Mädchen winkte zurück. Manns Frau lächelte.

Morgen hört der Wind auf, sagte sie. Das Wetter wird schön.

Wir konnten erst im Frühling des darauffolgenden Jahres auf Manns Hof zurückkehren. Wir standen im Garten und warteten, aber die Fensterläden waren geschlossen und Lola, die schwarze Hündin, kam nicht heraus. Wir konnten den weißen Berggipfel sehen, der sich stumm vom blauen Himmel abhob. Wie wir merkten, war es unmöglich, diesen Berg oft genug zu betrachten; wir könnten uns weder mit ihm vertraut machen noch seine Fremdheit bändigen. Er fühlte nichts; er vergaß alles, was er sah. Er erinnerte sich nicht daran, dass es hier früher einmal geschneit hatte.

Am Wohnwagen war Johann nicht zu sehen, der Gemüsegarten war von Unkraut überwuchert. Der andere Wohnwagen stand immer noch oben auf dem Hügel, aber die Markise war zerrissen und daneben türmten sich Altmetall und Bauholz auf. Doch in der Hütte war alles für uns vorbereitet, der Schlüssel steckte im Schloss und auf der Türschwelle stand ein Korb mit Lebensmitteln. Der Abend dämmerte, der Himmel glühte blassrosa. Die großen Kakteen reckten dem rosa Licht stumm die Arme entgegen. Wir brachten unsere Taschen in die Hütte und kamen wieder heraus, um das Tal und das Meer zu betrachten.

Die Polizei erschien bei G. Die Polizisten klingelten an der Tür wie Handelsreisende. Sie wollten mit Gs Mann sprechen; die Druckerei habe ein paar Fotos von Gs Tochter an sie weitergeleitet.

Natürlich war alles ein Missverständnis, nichts weiter als eine dumme Verwechslung. Gs Mann gab sich so charmant und gebieterisch wie nie. G konnte zuschauen, wie sich der Argwohn in den Gesichtern der Polizisten zunächst in Offenheit und dann in Verständnis verwandelte. Sie hörten sich seine Erklärung an: Angeblich war er mit der Qualität einiger Drucke nicht zufrieden gewesen und hatte sie bei der Druckerei reklamiert. Sie können mich gern altmodisch nennen, sagte er in gewinnender Bescheidenheit, aber ich verwende bis heute eine Analogkamera. Mit den digitalen komme ich einfach nicht zurecht, sagte er, und ich glaube tatsächlich, die Belichtung ist bei der traditionellen Technik einfach besser. Die Polizisten hörten aufmerksam zu. Der Druckereimitarbeiter sei ein launischer Mensch, fuhr Gs Mann fort, und habe offensichtlich beschlossen, sich zu rächen, schließlich könnten sie sehen, dass es sich hier um ganz normale Familienfotos handele. Meine Frau ist Künstlerin, sagte er und legte den Arm um G. Deshalb mache ich die Schnappschüsse. Natürlich bin ich nicht so talentiert wie sie, fügte er lächelnd hinzu.

Als die Polizisten gegangen waren, verfiel ihr Mann, weiß vor Angst und Wut, in eine üble, mehrere Tage dauernde Tobsucht. Er brüllte G und die Tochter an. Einmal stellte G ihm eine Frage, während er Kaffee trank, und da warf er den Becher nach ihr. Der Becher traf mit Wucht ihre Schulter. Du dumme Frau, sagte er. Einmal, als ihre Tochter sich vor der Schule weigerte, den Mantel anzuziehen, zwang er sie so grob hinein, dass sie zu weinen anfing. G überlegte sich, vor ihm wegzulaufen. Sie überlegte sich, irgendwo anders allein zu leben. Das Problem war wie immer der Körper ihrer Tochter. Wieder wünschte G sich, sie könnte einen Körper mit ihr teilen. Stattdessen wurde der Körper der Tochter zwischen G und ihrem Mann aufgeteilt. Ihr Mann kannte ihre Gedanken. Er wurde ruhig und vernünftig. Er sagte ihr, es stünde ihr frei zu gehen, aber er würde das Haus und das Kind behalten. Er legte ihr die rechtlichen Gründe dar. Er nannte ihr die Summe, die zu zahlen sie verpflichtet wäre. Aber wenn es das ist, was du willst, sagte er traurig, werde ich dir nicht im Weg stehen.

G fuhr in ihr Atelier in der Stadt. Sie blieb den ganzen Tag dort, ohne zu malen oder sich zu bewegen. Sie saß in der Unordnung, während es draußen vor den Fenstern dunkel wurde. Sie machte kein Licht.

Der Springer

Nach der Parade bedeckte eine flockige Schicht aus Müll und Glasscherben die Straße. Die städtischen Arbeiter waren schon dabei, den Abfall zu beseitigen. Ihre Lastwagen blockierten die Strecke, so dass unser Taxi nicht bis vor das Restaurant fahren konnte.

Wir setzten unseren Weg zu Fuß fort, und obwohl der Fahrer uns den Weg beschrieben hatte, war es schwer zu finden. Neben uns schoben sich die Kehrmaschinen langsam in der warmen Dämmerung an den Bordsteinen entlang und fegten den Müll mit dicken Borstenschürzen zusammen. An manchen Stellen lag er fast einen halben Meter hoch, größtenteils leere Flaschen und Verpackungen. Wie Tiere, die in freier Wildbahn einen abgenagten Kadaver zurücklassen, hatten die Leute gegessen, getrunken und die Behältnisse einfach zu Boden geworfen. In den Schaufensterscheiben spiegelte sich der rosa Himmel.

Wir erreichten eine schmale Toreinfahrt. In dem betonierten Hof dahinter waren drei Männer dabei, Säcke auf Holzpaletten zu verladen. Sie sahen uns, deuteten auf eine zweite Toreinfahrt an der gegenüberliegenden Hofseite und wandten sich dann wieder ihrer Arbeit zu. Der zweite Durchgang war dunkler und dreckiger als der erste. Er machte einen Knick nach links und dann nach rechts und mündete schließlich in einen zweiten Hof mit kugelförmigen Lampen, Ziergehölzen in riesigen Übertöpfen und eingedeckten Tischen mit weißen Tüchern. Die Hofseiten waren verglaste Gewölbe, in deren Scheiben die Tische und die kleinen Bäume sich spiegelten und dadurch vervielfacht wirkten. Mauro und Julia saßen an einem großen Tisch in der Mitte. Die meisten anderen Tische waren noch unbesetzt, und ihr Spiegelbild ließ es aussehen, als säßen die beiden in einer Landschaft aus freien Parzellen. Früher an dem Tag waren wir einander vorgestellt worden, doch dann hatte der Zwischenfall im Museum uns getrennt. Sie hatten uns erzählt, dass sie in derselben italienischen Kleinstadt aufgewachsen waren, ohne einander je zu begegnen; sie hatten sich erst hier in der Stadt kennengelernt. Mauro war Lehrer und Julia war Kuratorin im Museum. Die Konferenz über G hatten sie zusammen organisiert.

Als wir näher kamen, sprang Mauro auf und beglückwünschte uns, weil wir das Restaurant gefunden hatten.

Ich fürchte, die anderen werden das Rätsel nicht so schnell lösen, sagte er. Es ist typisch für die Haltung dieser Stadt, dass die begehrtesten Treffpunkte unmöglich zu finden sind.

Nicht ganz unmöglich, sagte Julia, denn sie haben es gefunden. Die Parade hat alles durcheinandergebracht.

Mauro zog zwei Stühle an der gegenüberliegenden Tischseite heraus.

Außerdem ist Ihnen vielleicht aufgefallen, sagte er, dass für dieses Restaurant ein besonders trostloser Ort ausgesucht wurde, gerade so, als ließen wir uns irrigerweise davon überzeugen, dieser neue Tempel des Kapitalismus wäre irgendwie authentisch. Die Illusion wird gründlich widerlegt, wenn die Rechnung kommt, und dann ist es zu spät.

Ach, Mauro, sagte Julia, die ihn, während er sprach, kritisch beäugt hatte, können wir nicht einmal still sein und uns entspannen? Mir persönlich gefällt es hier, sie haben versucht, eine kleine italienische Piazza nachzubilden, außerdem ist das Wetter so schön. Wir sollten uns nicht über alles beschweren, vor allem, da das Museum die Rechnung übernimmt.

Bevor Mauro antworten konnte, klingelte sein Handy. Er stand auf, um den Anruf anzunehmen.

Früher habe ich ihn dafür bewundert, dass er alles kritisiert, sagte Julia, während Mauro in der anhebenden Dunkelheit auf dem hellen Kies hin und her lief. Ich hielt es für ein Zeichen von Intelligenz. Später wurde mir klar, dass er sich empört, wenn alle anderen sich einfach nur amüsieren. Gott sei Dank sind wir nicht verheiratet, sagte sie, denn so kann ich ihn trotzdem lieben.

Julia war eine gutaussehende Frau mit offenem, dunklem Haar und einer Baskenmütze, die sie sich schräg aufgesetzt hatte. Ihr breites, flaches Gesicht wirkte unbewegt, wie das einer Schlange. Ihre Lippen waren zu einem lakonischen Lächeln verzogen, die mandelförmigen grünen Augen blinzelten nicht.

Das war die Direktorin, erklärte Mauro, als er an den Tisch zurückkam. Die Polizei hat sie schließlich gehen lassen, sie ist auf dem Weg hierher.

Endlich, sagte Julia. Sie haben sie so lange festgehalten, dass ich mir schon Sorgen gemacht habe, sie könnten ihr etwas vorwerfen.

Offenbar musste sie auf der Wache alle möglichen Formulare ausfüllen, sagte Mauro, und auch einen Bericht für das Museum schreiben. Außerdem musste sie sich natürlich ein Bild vom seelischen Befinden der Angestellten machen, ihren Bericht damit abgleichen und weitere Formulare ausfüllen, obwohl sich da doch in der Tat nichts mehr ändern lässt; in einer so fraglos unumkehrbaren Situation gibt es nichts zu tun. Da niemand den Mann kannte, kann auch niemand behaupten, durch sein Verhalten einen Schaden erlitten zu haben. Und wir, fuhr Mauro fort, führen unterdessen an diesem bezaubernden Ort unser behagliches Leben weiter.

Warum bestellst du keinen Wein?, fragte Julia. Dein Publikum wäre dir sicher dankbar dafür.

Mauro griff nach der Weinkarte und beugte sein hübsches, grimmiges Gesicht darüber. Mit dem kleinen Kopf und den schwarzen Löckchen erinnerte er an einen Widder. Um die Weinkarte zu lesen, nahm er seine riesige, weiß gefasste Brille ab.

Trotz allem, was Julia sagt, fuhr er fort, nehme ich mir das Recht heraus zu analysieren, was sich vor meinen Augen abspielt, vor allem, wenn es Dinge betrifft, die meinem Vergnügen dienen. Es stimmt, ich möchte nicht für dumm verkauft werden, gleichzeitig finde ich es fatal, wenn die Illusion sich in die Wirklichkeit einmischt.

Er machte sich bei einem der Kellner hinter der Glasscheibe bemerkbar, der kurz darauf zu uns herauskam, teilnahmslos Mauros Bestellung notierte und dann wieder verschwand.

Meine Wahl hat ihm nicht gefallen, sagte Mauro achselzuckend. Ich habe ihn nicht um eine Empfehlung gebeten und dann wie immer die zweitbilligste Flasche von der Karte ausgesucht. Sich wie in Italien fühlen zu sollen, fügte er in Julias Richtung hinzu, obwohl man gar nicht in Italien ist, kommt mir unendlich traurig vor. Es ist so traurig wie Träume, die einen grundlegenden Irrtum in unserer Wahrnehmung offenlegen. Nichts ist jämmerlicher als ein Hund, der im Schlaf ein Kaninchen jagt, nicht zuletzt, weil Hunde zu den wenigen Tieren gehören, die wir so genau beobachten können; wir wissen, was er zu tun glaubt, und gleichzeitig sehen wir, dass er es gar nicht tut. Ich weigere mich, dieser Hund zu sein, sagte Mauro. Ich werde nicht glauben, ich wäre in Italien, während der Inhaber dieses Restaurants mich durch ein Guckloch beobachtet und sich dabei die Hände reibt.

Da ist Betsy, sagte Julia, erhob sich und winkte einem Paar zu, das soeben den Hof betreten hatte. Mauro sprang abermals auf und rückte einen Stuhl für die Frau zurecht, die offenbar Mühe mit dem Gehen hatte. Sie ließ sich unter lautem Stöhnen nieder und streckte ein durchgedrücktes Bein zur Seite.

Danke, Mauro, sagte sie atemlos, schloss die Augen und legte den Kopf in den Nacken, bis er über die Rückenlehne hing. Ich konnte es nicht fassen, als der Fahrer meinte, wir müssten aussteigen und zu Fuß weitergehen. So etwas ist doch sicher verboten? Gott sei Dank war David dabei.

David hatte sich ans andere Ende des Tischs gesetzt und schaute auf sein Handy. Betsy stöhnte noch einmal und richtete sich dann auf.

Können Sie denn nicht sehen, dass ich ein Krüppel bin?, habe ich zu ihm gesagt. Müssen Krüppel jetzt zu Fuß gehen, bloß weil die Leute, um ihre Freiheit zu feiern, Müll auf die Straße werfen? Herzlichen Dank, sagte sie zu Julia, die ihr Wasser einschenkte. Was für eine Anarchie soll das sein, fuhr sie fort, bei der die ganze Stadt sich beeilt, die Folgen ihrer eigenen Toleranz zu beseitigen? Als würde eine verschüchterte Mutter sich ins Zimmer eines Teenagers schleichen und dort saubermachen. Man sollte die Leute zwingen, selbst hinter sich aufzuräumen. Ganz zu schweigen von den Tausenden Polizisten, die Überstunden bezahlt bekommen, und den Ärzten und Sanitätern, die Bereitschaftsdienst hatten. Wenn ich hier wohnen müsste, würde ich nur ungern Steuern zahlen.

Der Kellner goss uns Wein ein. David leerte sein Glas in einem Zug und schob es dann von sich, um sich nachschenken zu lassen.

Wir sollten die Folgen der Freiheit als das erkennen, was sie sind, sagte er ebenso schroff wie monoton.

Ach, Unsinn, sagte Betsy. So etwas nenne ich depressiv. Seit wann ist Freiheit ein Synonym für einen Mangel an Selbstdisziplin?

Sie haben uns gar nicht gesagt, dass Sie ein verletztes Bein haben, sagte Julia vorwurfsvoll. In dem Fall hätten wir etwas für Sie organisiert.

Ich bin auf dem Gehweg umgeknickt, sagte Betsy. Dort, wo ich lebe, wird man für so etwas entschädigt, als wäre es die Schuld des Gehwegs. In meinem Fall war er bucklig, weil ein Baum seine Wurzeln daruntergeschoben hatte. Die Schuld traf also den Baum. Sie werden ihn fällen, eine große, schöne Eiche gegenüber von meiner Wohnung. Ich sehe sie jeden Tag. Ich möchte nicht, dass sie gefällt wird. Aber durch den Baum sind Sie zu Schaden gekommen, haben sie zu mir gesagt. Und was, wenn ich die Entschädigung ablehne und behaupte, ich wäre nicht verletzt worden?, habe ich zurückgefragt, werden Sie den Baum dann stehen lassen?

Es hätte auch jemand anderen treffen können, sagte Julia.

Genau so lautete deren Argumentation, sagte Betsy. In dem Fall kann doch derjenige die Entscheidung treffen.

Aber es sieht ziemlich ernst aus, sagte Mauro. Sie können kaum laufen.

Weil ich zu dick bin, erklärte Betsy, und weil ich die Übungen nicht mache, die sie mir im Krankenhaus gezeigt haben.

David lachte schnaubend.

Warum nicht?, fragte Mauro verwirrt.

Ich hatte keine Lust, sagte Betsy.

Sie war eine kleine, rundliche Frau im späten mittleren Alter mit vollem, widerspenstigem grauem Haar, runden blauen Augen und leicht verwundertem Blick. Sie trug ein buntes Wickelkleid und eine große Menge klimpernden Schmuck.

Ich war mein Leben lang bemüht, sagte sie zu Mauro, nicht das zu tun, was ich angeblich tun muss. Ich habe ziemlich früh gemerkt, dass es sich vermeiden lässt, und inzwischen schaffe ich es, nicht mehr zu tun, was ich nicht tun will. So zu leben, bringt natürlich Vorteile mit sich; aber sollten wir uns plötzlich in einer Diktatur wiederfinden, werde ich wohl eine der Ersten sein, die erschossen werden.

Von anderen verlangen Sie, dass sie sich zusammenreißen und nach einer Parade aufräumen, sagte Mauro.

Genau, sagte Betsy fröhlich. Eine sehr individuelle Haltung. Wahrscheinlich liegt es an meiner Mutter. Wenn ich früher nicht in die Schule gehen wollte, sagte sie, na gut, dann eben nicht. Einmal sollte ich eine der Hauptrollen in einem Schultheaterstück spielen. Vor der Aufführung war ich so nervös, dass sie anrief und mich krank meldete. Ich kann mich bis heute erinnern, wie ich an dem Abend zu Hause saß und wusste, dass das Stück ohne mich über die Bühne ging. Ich habe immer wieder auf die Uhr gesehen und mir vorgestellt, welchen Text ich wann aufgesagt hätte. Nicht dort zu sein, erschien mir unglaublich, denn ich hatte die Rolle gelernt und war zu allen Proben erschienen. Ich hatte das Gefühl, eine völlig neue Welt entdeckt zu haben, von der niemand wusste.

Aber das ist furchtbar!, rief Mauro. Hat Ihre Mutter genauso reagiert, wenn Sie nicht zum Zahnarzt gehen oder im Auto den Sicherheitsgurt nicht anlegen wollten?

Ich wollte immer zum Zahnarzt gehen, sagte Betsy leicht hochmütig. Ein sehr netter Mann.

Sie nahm ein Glas Wein vom Kellner entgegen und lehnte sich zurück.

Ich hätte es nicht auf meine Mutter schieben dürfen, redete sie nach einer Weile weiter. Ständig geben die Leute ihren Müttern die Schuld. Wahrscheinlich wollte sie mir nur beibringen, dass ich Macht besitze, und das ist etwas, was nur die wenigsten kleinen Mädchen lernen. Trotzdem ist es natürlich so, dass mein Bein nicht verheilt, weil ich die Übungen nicht mache.

Da ist ja endlich die Direktorin, sagte Mauro und winkte einer Frau zu, die gerade in den Hof gekommen war. Als sie ihn entdeckte, verzog sie müde das Gesicht.

Sie sieht erschöpft aus, sagte Julia.

Kein Wunder, sagte Betsy. Für den Umgang mit Leuten, die sich in der Öffentlichkeit umbringen, sollte es Vorkehrungen geben. Zu Hause fahre ich täglich mit einem Nahverkehrszug zur Arbeit und wieder zurück, und mindestens zwei Mal pro Woche wirft sich jemand vor die Bahn. Sie können sich nicht vorstellen, welches Chaos dadurch entsteht. Alle sind gezwungen, das Handy herauszuholen und ihre Pläne zu ändern. Gestresste Frauen müssen nach dem Büro die Kinder abholen, manche Leute machen sich Sorgen um ihre Anschlusszüge, andere sind müde oder behindert oder wollen einfach nur nach Hause. Da fragt man sich doch, warum keiner etwas unternimmt. Ich denke da an eine Kabine neben den Gleisen: Man könnte hineingehen und sich umbringen, ohne irgendwem zur Last zu fallen. Mit eingebautem Simulator, der das Geräusch des herannahenden Zuges imitiert, schloss sie nüchtern.

David lachte grunzend auf und schüttelte langsam den Kopf.

Die Direktorin trat an den Tisch und sah mit bleichem Gesicht auf uns nieder.

Es tut mir so leid, murmelte sie. Ich weiß gar nicht, was ich sagen soll.

Mauro holte ihr einen Stuhl. Sie setzte sich, öffnete

ihre Handtasche, wühlte nach einem Taschentuch und schnäuzte sich geräuschvoll. Ihr außergewöhnlich schmales, knochiges Gesicht war gerötet, die kleinen, verweinten Augen wirkten fast farblos. Ihr Blick verriet eine Anspannung, die weit über die Ereignisse des Tages hinauszureichen schien. Nach einer Weile hatte sie sich gesammelt und wandte sich mit hoher, zitternder Stimme an die Tischgesellschaft.

Auf der Taxifahrt hierher, sagte sie, habe ich mich gefragt, ob sich das Geschehene überhaupt schildern oder erklären lässt, sind doch die Vorgeschichten der Beteiligten denkbar unterschiedlich. In meinem Fall gehörte natürlich monatelanges Planen und Vorbereiten dazu. Ich wollte alles bedenken, was schiefgehen könnte, aber das, was letztendlich passiert ist, habe ich nicht einmal in Erwägung gezogen. Die Gewalt, die in einem einzigen Augenblick alle Vorkehrungen zerstört hat, erschien nicht bloß sinnlos, sondern vermittelte darüber hinaus den Eindruck, unsere Arbeit und unsere Werte könnten ebenfalls sinnlos sein und jederzeit weggefegt werden. Im Taxi habe ich über dieses Gefühl von Fragilität, ja fast schon Sinnlosigkeit nachgedacht. Die eigene Zeit in das Kuratieren von Ausstellungen zu stecken und Vorträge und Diskussionen zu künstlerischen Themen zu organisieren, erscheint lächerlich und sogar irrelevant, wenn solche Bemühungen schon durch die kleinste Verschiebung der Wirklichkeit überflüssig gemacht oder ganz vereitelt werden. Aber da fiel mir plötzlich auf, dass mich das, was heute im Museum passiert ist, in erster Linie an das Werk von G erinnert. Das verstörende Potenzial ihrer Kunst ist zweifellos mit jener Störung der Wirklichkeit verknüpft, wie wir sie heute erlebt haben. Es ist mir allerdings noch nicht gelungen, diese Verknüpfung in passende Worte zu fassen.

Sie hielt inne und sah auf ihre Finger hinunter, die sich um das Taschentuch schlossen.

Es war natürlich eine Katastrophe, fuhr sie fort. Abgesehen davon war die Sache auch für mich persönlich sehr schade, schließlich handelte es sich um meine letzte öffentliche Veranstaltung als Museumsdirektorin. Ich werde demnächst von meinem Posten zurücktreten. Die Ausstellung läuft selbstverständlich weiter wie geplant und soll danach um die Welt reisen. Ich glaube, sie wird die öffentliche Wahrnehmung von G und auch den Stellenwert ihrer Kunst positiv beeinflussen. In ihren letzten Jahren hat G zu einer radikalen Ehrlichkeit gefunden, die ihre früheren Arbeiten in einem neuen Licht erscheinen lässt. Hoffentlich bekommen Sie heute Abend die Gelegenheit, Ihre Gedanken zu dem Thema zu äußern, sagte sie, wenn auch leider nicht vor Publikum.

Einige der Anwesenden applaudierten. Hinter den hohen Mauern lärmten die Kehrmaschinen weiter. Immer neue Gäste fanden sich im Hof ein, aus dem verglasten Gewölbe schwärmten schwarzgekleidete Kellner. Eine größere Gruppe von Menschen in Perücken, Masken und aufwendigen Kostümen erschien, offenbar direkt von der Parade.

Sie haben noch gar nicht erzählt, was Sie als Nächstes planen, sagte Mauro zur Direktorin. Oder ist es geheim? Die Ausstellung wurde gerade erst eröffnet, es muss sich also um eine bedeutende Aufgabe handeln. Wobei ich mir keinen prestigeträchtigeren Job vorstellen kann als den, den Sie gerade bekleiden.

Ehrlich gesagt habe ich keinen neuen Job, antwortete die Direktorin.

Aber was werden Sie tun?, fragte Julia.

Gar nichts, sagte die Direktorin. Sie wühlte nach einem

neuen Taschentuch und putzte sich wieder die Nase. Verzeihung, sagte sie, der Tag war schwierig.

Natürlich, sagte Julia und berührte ihren Arm. Das muss ein ziemlicher Schock gewesen sein.

Ich bin auf einem Bauernhof aufgewachsen, sagte die Direktorin. Den Anblick des Todes bin ich gewöhnt. Nein, was mich heute so wahnsinnig gemacht hat, war diese ganze Bürokratie. Und natürlich die Reaktion der Leute, wobei viele unserer Angestellten noch ziemlich jung sind und man deswegen Nachsicht mit ihnen haben muss. Aber niemand kannte den Mann – was kann es ihnen schon bedeuten? Ich wünschte nur, er hätte sich einen anderen Tag ausgesucht, sagte sie trocken, und in Mauros Richtung ergänzte sie: Um auf Ihre Frage zurückzukommen – ich habe gekündigt, weil ich umziehen werde. Auf eine der Inseln, wo es keine Museen gibt und wo ich mich schon glücklich schätzen kann, wenn ich einen Schulplatz für meine Tochter bekomme. Die Schule ist winzig, die Kinder werden alle zusammen in einer Klasse unterrichtet. Ich werde meine Tochter morgens hinbringen und am Nachmittag wieder abholen, und wenn sie möchte, kann sie zum Mittagessen nach Hause kommen.

Verstehe, sagte Mauro lächelnd und entblößte dabei kleine, spitze Zähne. Es handelt sich also um eine philosophische Entscheidung. Hoffentlich halten sich die Leute auf der Insel an ihren Teil der Abmachung.

Sie können es vielleicht nicht nachvollziehen, sagte die Direktorin, und damit stehen Sie nicht allein da, aber ist es am Ende nicht egal? Das Museum bekommt eine neue Leiterin, die ihre Sache sicher sehr gut machen wird. Die Leute fragen mich, ob ich traurig darüber bin, die Kunstwelt und das Museum zu verlassen, vor allem nach dieser Ausstellung, die für uns alle ein Triumph war und das Bedeutendste, was wir je gemacht haben. Aber ich bin nicht besonders traurig. Als ich heute wie eine gewöhnliche Besucherin durch die Räume gegangen bin und mich umgesehen habe, ist mir aufgefallen, wie seltsam, ja fast bizarr es ist, dass manche Menschen es sich in den Kopf setzen, Objekte zu erschaffen, die wir anderen dann betrachten können. Die Psychologie behauptet, dass kleine Kinder stolz auf ihre Scheiße sind und sie freimütig herzeigen, bis man ihnen erklärt, dass ihre Scheiße widerlich ist und verborgen werden muss, und da habe ich mich plötzlich gefragt, ob diese Botschaft bei künstlerischen Menschen einfach nie angekommen ist. So sind sie weiterhin stolz auf ihre Scheiße und wollen sie anderen zeigen.

Mauro lachte laut auf. Aber ist das nicht genau ihre Aufgabe?, fragte er. Sehen wir uns ihre Scheiße, wie Sie es nennen, nicht aus diesem Grund an? Weil wir uns für unsere eigene schämen?

Die Direktorin lehnte sich zurück und kreuzte die Unterarme auf dem Schoß.

Zu gewissen Tageszeiten, sagte sie nach kurzem Schweigen, bei wenig Andrang, erinnert die Atmosphäre im Museum an die in einer Kirche. Man spürt, dass die Leute die Kunstwerke als etwas Heiliges betrachten, und den Künstlern, die sie erschaffen haben, schreiben sie gottgleiche Fähigkeiten zu. Bei Überfüllung ist die Atmosphäre eine völlig andere. Die Leute drängeln und rempeln einander an bei dem Versuch, möglichst gut sehen zu können, wie Schaulustige nach einem Autounfall oder einem vergleichbar grausigen Spektakel. Sie fotografieren mit ihren Handys wie Voyeure, und manchmal habe ich den Eindruck, dass sie das, was sie fotografieren, gar nicht wirklich sehen. Sie fertigen eine Kopie zum Mitnehmen an und verwandeln das für die Ewigkeit Gedachte in einen Wegwerfartikel. Ich komme um das Gefühl nicht herum, dass die Werke durch diese millionenfachen Kopien beschädigt oder geschmälert werden.

Warum verbieten Sie das Fotografieren nicht einfach?, fragte Mauro. Einige Museen machen das so.

Ich habe es verboten, sagte die Direktorin. Ich habe Schilder anbringen lassen und den Angestellten gesagt, sie sollen das Verbot durchsetzen. Aber die Besucher haben die Schilder ignoriert und die Angestellten waren mit der Aufgabe vollkommen überfordert. Sie fingen an, in einem vorwurfsvollen, herrischen Ton mit den Gästen zu reden. Dieser Ton war das Allerschlimmste, denn er erzeugte eine Atmosphäre kleinlicher Tyrannei, in der die Kunst plötzlich preziös und frömmlerisch erschien. Wir haben die Schilder wieder entfernt. Am Ende sollen die Leute machen, was sie wollen. Sie daran zu hindern, ist nicht meine Aufgabe.

Die Luft war immer noch schwer vor Wärme, aber allmählich sammelte sich im Hof ein abendliches Blau. Die Silhouetten von Menschen und Dingen traten härter und klarer hervor, als gewännen sie im schwindenden Licht an Substanz. Das Restaurant füllte sich. Die globenartigen Lampen wurden eingeschaltet und schwebten plötzlich als goldene, rätselhafte Kugeln über einem Meer aus Köpfen.

Wissen Sie, sagte die Direktorin, ich bin zur selben Zeit durch die Ausstellung gegangen wie der Mann.

Haben Sie ihn gesehen?, fragte Mauro.

Ja, das habe ich, antwortete die Direktorin. Er hat sich eigenartig verhalten, womit ich wohl nur sagen will, dass ich sein ungewöhnliches Verhalten nicht deuten konnte. Eine Weile bin ich ihm misstrauisch gefolgt. Er hat sich durch die Räume bewegt wie in Trance. Irgendwann begann er, im Kreis zu laufen, er hat die Werke eines nach dem anderen umkreist, und ich musste an ein Tier denken, das sich, bevor es sich zum Schlafen niederlässt, um die eigene Achse dreht. Ich dachte, er sei betrunken oder auf Drogen. Er war sehr dünn, vielleicht war ich deswegen beruhigt und der Meinung, er könnte keinen echten Schaden anrichten, so absurd das jetzt auch klingt. Die Kunstwerke sind sehr groß und robust, und im Vergleich dazu wirkte er klein und schwach. Als mein Handy klingelte, ging ich hinaus ins Atrium, um den Anruf entgegenzunehmen. Wie Sie wissen, führen alle Räume der oberen Etage auf eine Galerie, von der man bis ins Erdgeschoss hinuntersehen kann. Sie befindet sich gleich unter dem Glasdach, das Licht ist spektakulär. Ich war stolz auf unsere Entscheidung, die Ausstellung dort oben zu veranstalten, obwohl die Säle natürlich schwieriger zu erreichen sind als die in den darunterliegenden Etagen. Das Setting erschien mir ideal für Gs Werke. Das Licht, die Weite und das Gefühl, in großer Höhe zu schweben. Einige von Gs Arbeiten machen sich diesen Schwebezustand zunutze und erzielen einen Eindruck von Entkörperlichung. Manchmal scheint es mir, als könnte man die Darstellung des menschlichen Körpers weiter nicht treiben.

Mein Ex-Mann hatte angerufen, sagte sie. Er ist sehr erbost über meine Entscheidung, mit unserer Tochter auf die Insel zu ziehen, derzeit ruft er mich mehrmals am Tag an und verabreicht mir bei jedem Telefonat eine Dosis Gift. Ich hatte keine Lust, den ganzen Weg nach unten gehen, bloß um mir meine tägliche Dosis Gift abzuholen, also blieb ich dort oben stehen, auf der Galerie unter dem Atriumdach. Ich stand am Geländer und telefonierte, als der Mann aus einem der Säle trat und in die Tiefe sprang. Das Seltsame ist, dass ich meinem Ex-Mann kein Wort davon gesagt habe. Er hatte keine Ahnung, dass während unseres Gesprächs ein Mann näher kam und einen Meter neben mir über das

Geländer kletterte. Mein Ex-Mann sagte schreckliche Dinge zu mir, die nur er sagen kann, doch gleichzeitig schienen sie aus meinem Inneren zu kommen. Ich hörte seine hasserfüllte Stimme, aber mein Blick folgte dem Mann, der an mir vorbeiging und sich dann in die Tiefe stürzte. Das alles spielte sich scheinbar lautlos ab, vielleicht weil mein Ex-Mann die ganze Zeit auf mich einredete. Dass der Mann so leise war, vermittelte mir den Eindruck, dass für sein Handeln mein Ex-Mann verantwortlich war. Anscheinend wurde er in dieselbe Art von Selbstauslöschung getrieben, wie sie mein Ex auch mir wünscht. Der Mann war ganz in Schwarz gekleidet, selbst seine Mütze war schwarz, und die düstere Kleidung verstärkte mein Gefühl, eine Projektion zu sehen, den ausgeführten Willen meines Ex-Mannes, der sich wie gesagt wünscht, dass ich mich ebenfalls über das Geländer stürze. Der schockierende und vollkommen unerwartete Anblick hätte die meisten Menschen natürlich überfordert, aber zu meiner Überraschung hatte ich sofort eine Erklärung parat: Die Arroganz und der Hass meines Ex-Mannes hatten sich einen Weg in die Welt gebahnt, und nun trieben sie Menschen in die Selbstzerstörung.

An einem der Nachbartische erhob sich schallendes Gelächter. Die Direktorin zuckte zusammen, ihr Blick schoss durch den Hof.

Während der Mann in die Tiefe fiel, fuhr sie schließlich fort, herrschte für einige Sekunden Stille, aber ich wusste, dass jeden Moment die Hölle losbrechen würde. Diese Sekunden schienen eine Ewigkeit zu dauern, und währenddessen wurde mir klar, dass ich, als ich den Mann über das Geländer springen sah und meinem Ex-Mann nichts davon sagte, eine bemerkenswerte Trennung vollzogen hatte. Die Trennung war so absolut, wie ich eine Trennung von einem anderen Menschen niemals für möglich gehalten hätte. Ich begriff, dass ich Macht über ihn haben konnte – ein Gedanke, der mir während unseres Zusammenlebens kein einziges Mal in den Sinn gekommen war. In gewisser Hinsicht hat der Mann mir diese Erkenntnis geschenkt, und dass ich den Tod als Geschenk betrachten kann, habe ich wahrscheinlich nur meiner Herkunft zu verdanken. Mir wurde beigebracht, nicht zu trauern, wenn etwas stirbt. Mir wurde beigebracht, dass alles, was stirbt, seine Kraft und Substanz an die Welt zurückgibt. Das Sterben ermöglicht unser Überleben und schafft Platz für Neues. Aus demselben Grund habe ich meinen Ex-Mann immer für unsterblich gehalten, als fehlte ihm zum Sterben die nötige Großzügigkeit.

Die Kellner gingen um den Tisch herum und schenkten Wein nach. Die Direktorin lehnte sich zurück, um ihnen Platz zu machen, und richtete die hellen, verweinten Augen auf einen Punkt jenseits des Restaurants. Inzwischen war es dunkel geworden, die meisten Tische waren besetzt. Wir saßen in einem lauten Ferment aus Gesichtern, Stimmen und dem Klappern von Besteck. Viele Leute waren direkt von der Parade gekommen, und ihre fantastischen Kostüme verliehen der Szene etwas Unwirkliches und Traumhaftes. Hinter den verglasten Mauerbögen leuchtete die Küche wie ein Panorama aus Feuer und Rauch, in dem Männer und Frauen in Schürzen und Kochmützen zügig vor sich hin arbeiteten. Ihre Gesichter glänzten vor Schweiß. Mauro schlug vor, etwas zu essen zu bestellen, bevor die Küche bestürmt wurde.

Verbreiten Sie keine Panik, sagte Betsy. Ich weigere mich, mit Menschen in Polizeiuniform und Barbieperücke um Ressourcen zu wetteifern.

Sie griff zur Karte und gab beim Kellner eine ausführliche Bestellung auf.

Ich bilde mir ein, kein schreckhafter Mensch zu sein, sagte sie, während die anderen ebenfalls bestellten, zur Direktorin, aber ich muss zugeben, Sie haben mich überrascht, und zwar nicht nur durch Ihre unsentimentale Haltung. Mich schockiert der Umstand, dass Ihnen anscheinend Dinge zustoßen, die anderen nicht passieren. Nehmen wir zum Beispiel Ihren Mann, der Sie ständig anruft und Ihnen den Tod wünscht, oder die Tatsache, dass Sie Ihren wunderbaren Job aufgeben und sich mit Ihrem Kind auf einer Insel verstecken müssen. Die Gewalt, die Ihnen widerfährt, hängt auf eine mir unverständliche Weise mit Ihrem Mangel an Selbstmitleid zusammen, und auch mit Ihrem Erfolg. Ich persönlich halte das Leben nicht für sonderlich brutal, was möglicherweise dazu führt, dass mir bestimmte Dinge einfach nicht passieren. Sie haben eben Gewalterfahrungen in Ihrer Kindheit erwähnt, aber wie konnte sich diese Gewalt mit Ihren Aufgaben und Leistungen verknüpfen? Anscheinend glauben Sie, eine Frau müsste sich, wenn sie sich profilieren will, damit abfinden.

Während Betsy sprach, betrachtete die Direktorin sie ausdruckslos. Betsys bunte Kleidung und ihr Schmuck bildeten einen Kontrast zu dem strengen, schmal geschnittenen Hosenanzug der Direktorin.

Die Vorstellung, dass wir unsere eigene Realität erschaffen, ist doch furchtbar, sagte die Direktorin, außerdem habe ich da meine Zweifel. Ich fühle mich nicht für die Brutalität der anderen verantwortlich, obwohl es vermutlich stimmt, dass mein Ehrgeiz mich überdurchschnittlich vielen dramatischen Situationen ausgesetzt hat. Aber vielleicht leide ich letztendlich weniger als andere Menschen, weil ich gelernt habe, alles im Gesamtbild zu sehen. Das schlimmste Leid scheint mir immer von intimer und persönlicher Natur zu sein. Beispielsweise lebt eine meiner

Freundinnen mit einem Mann zusammen, der ein Kind hat. Weil meine Freundin kinderlos ist, war ihr nicht klar, dass das Kind dem Mann immer wichtiger sein wird als sie. Sie erleidet tausend Mal am Tag, wenn er diesen Umstand durch ein beiläufiges Wort oder eine kleine Geste offenbart, unvorstellbare Qualen. Sie weiß, dass es falsch ist, auf ein Kind eifersüchtig zu sein, aber dieses Wissen zieht sie anscheinend nur noch tiefer in die Situation hinein, so dass sie inzwischen dem Mädchen die Schuld gibt und es sogar hasst. Wie eine Suchtkranke spricht sie bei jeder Gelegenheit davon, und wie eine Suchtkranke scheint sie nicht zu merken, dass sie sich und ihre Schwächen dem Urteil anderer Menschen aussetzt. Wenn ich an die kleine Wohnung denke, in der sie mit dem Mann zusammenlebt und wo sie jeden Tag tausend Mal Eifersucht und Zurückweisung spürt wie Messerstiche, bin ich recht erleichtert über die greifbare, unverhohlene Gewalt in meinem Leben, wo immerhin jeder sehen und verstehen kann, was vor sich geht.

Ich bin auf der Seite Ihrer Freundin, sagte Betsy. Diese vermeintliche Heiligkeit der Elternschaft finde ich unerträglich. Warum sollte eine erwachsene Frau zurückstehen, nur weil da ein Kind ist? Was stimmt mit dem Mann nicht, warum behandelt er die Frucht seiner Lenden wie ein Weltwunder? Ihre Freundin sollte ihre Liebe an einen Menschen verschenken, der sie zu schätzen weiß. Um in der Geschichte der Elternschaft die schlimmsten Beispiele für Vernachlässigung zu finden, brauchen Sie sich nur jene Künstler anzusehen, die Kinder hatten. Selbstverständlich möchte ich das nicht als Strategie empfehlen. Ich möchte damit nur sagen, dass wahre Leidenschaft nun einmal so aussieht. Und in Sachen Mutterschaft ist auch G nicht frei von Sünde, fügte Betsy hinzu.

Sie hob ihr Weinglas, nippte manierlich daran und ließ ihren Blick durch den Hof schweifen.

Ich muss zugeben, sagte Mauro, dass ich mich manchmal frage, warum so viele Künstler Kinder bekommen, wenn sie sie so schlecht behandeln. Man könnte doch meinen, sie wüssten besser als alle anderen, dass etwas in die Welt zu setzen eine ernste Angelegenheit ist. Im Fall der Männer könnte es immerhin noch sein, dass nicht sie ein Kind wollten, sondern ihre Frauen. Doch für Künstlerinnen ist die Entscheidung – falls es eine Entscheidung ist und kein ungeplantes Ereignis –, ein Wesen in ihr Leben zu lassen, das ihre Arbeit unmittelbar und aus nächster Nähe sabotiert, doch ein wenig rätselhaft. Meine Mutter wollte eine Schriftstellerin sein, und dass es ihr nicht gelang, hat sie uns Kindern immer vorgehalten. Ich erinnere mich, wie sie sich stundenlang in ihr Zimmer einschloss und wir sie nicht stören durften. Als kleines Kind verspürte ich den ständigen Drang, meine Mutter zu sehen; ich lief los, doch dann fiel mir wieder ein, dass sie hinter der abgeschlossenen Tür war. Ich stand im Flur und hatte das starke Verlangen, dagegen zu hämmern und sie auf mich aufmerksam zu machen, gleichzeitig wusste ich, wie wütend sie auf mich sein würde, sollte ich es versuchen. Die Erinnerung an die Tür und an das Gefühl, auf der falschen Seite davon zu stehen, hat mich niemals losgelassen, aber mit der Zeit hat sich ihre Bedeutung verändert. Tatsächlich war die Tür eine Tür zu meiner Mutter, und meine Mutter verriegelte sie in der Hoffnung, sich selbst auszudrücken. Doch dazu kam es nie. Es war, als suchte sie dort in dem Zimmer nach etwas, das sie nicht finden konnte. Als sie alt war, habe ich sie vorsichtig auf diese Zeit angesprochen, ich hoffte auf eine Erklärung, doch sie behauptete, sich an rein gar nichts erinnern zu können. Das Rätsel war so absolut, dass man nicht einmal darüber sprechen konnte. Neulich, sagte er, habe ich einen Artikel über eine Künstlerin gelesen, eine Bildhauerin, die immer im Beisein ihrer Kinder arbeitet. Sie hat vier oder fünf davon und nimmt sie mit in ihr Atelier, wo die Kinder auf dem Boden sitzen und spielen, oder sie basteln selbst etwas, manchmal helfen sie ihr sogar bei der Arbeit. Diese Vorstellung, die mir zugegebenermaßen die Tränen in die Augen getrieben hat und vielleicht wirklich nur das ist, eine Vorstellung, nicht die ganze Wahrheit, hat mich an die Kämpfe meiner Mutter denken lassen. Womöglich hat sie durch den Versuch, sich von uns zu trennen – zu spät, denn wir existierten bereits –, ihr schöpferisches Vermögen zerstört. Menschen, die Kunst erschaffen, flößen mir immer Schuldgefühle ein, vor allem die weiblichen, was vermutlich eine Erklärung dafür ist, warum ich sie verstehen und unterstützen möchte. Man könnte behaupten, dass ich in G mein ideales Thema gefunden habe, denn sie hat ihre Erfahrung der Mutterschaft auf eine Weise verarbeitet, die mir das Thema nahebringt. Ihre Arbeit hilft mir zu verstehen, dass der weibliche Impuls, ein Kind zu bekommen, sehr oft eine Reaktion auf die eigene Kindheit ist, gerade so, als sei die Künstlerin unvollendet aus ihrer Kindheit hervorgegangen oder als habe sie dort einen Teil von sich verloren, den es nun wiederzufinden gilt. Das Ringen, manchmal auch der direkte Kampf zwischen dem Streben nach Vollendung und dem Wunsch, Kunst zu erschaffen, wird zu einem wesentlichen Teil der künstlerischen Entwicklung. Weil G ihre Kinder nicht ausgeschlossen hat, war der Erfolg für sie viel schwerer zu erlangen als für männliche Künstler, aber am Ende hat es die Möglichkeiten ihrer Kunst erweitert.

Aber Mauro, sagte Julia, denkt denn nicht jeder, seine

Mutter hätte eine Künstlerin sein können? Vielleicht glauben wir das, weil wir uns schuldig gemacht und das Leben unserer Mutter ruiniert haben. Wir fragen uns, wie unsere Mutter früher wohl war oder was aus ihr geworden wäre, hätte sie uns nicht bekommen. Oder vielleicht sind wir einfach nur egoistisch und betrachten uns selbst als Kunstwerke; folglich wünschen wir uns, von einer möglichst prestigeträchtigen Person erschaffen worden zu sein. Soweit ich das sehen kann, beginnen die Probleme erst, wenn die Mutter tatsächlich Künstlerin ist.

Julia nahm die Baskenmütze ab, und sofort wirkte sie weniger ungeniert und viel nüchterner. Sie warf sich das dunkle Haar in den Nacken.

Ich persönlich sehe die Frage nach Gs Kindheit anders, sagte sie. Ihre Kindheit war sehr konventionell, und sie hat die Überreste dieser Konventionalität bis ins frühe Erwachsenenalter mitgeschleppt. Sie haben sie dazu gebracht, ganz bürgerlich zu heiraten und Mutter zu werden. Sie hat sich ein Gefängnis aus Konventionen gebaut, sagte Julia, und es hat sie viele Jahre gekostet, sich wieder daraus zu befreien. Dass sie ihre Kinder nicht vernachlässigt hat, ist wahr, doch die Brutalität, mit der sie sich den Themen Mutterschaft und Körper genähert hat, muss selbst für sie verstörend gewesen sein. Die Wahrheit ist, sagte sie, dass die meisten Menschen aus reiner Konvention Kinder bekommen. Erst danach fangen sie an, ihnen ihre Vorstellungen von Kreativität anzuhängen, denn für die meisten ist ein Kind das Einzige, was sie jemals wirklich erschaffen haben. Meine Mutter behandelte mich, als wäre ich zerbrechlich und kostbar, und selbst aus der Frage, ob mein Mantel warm genug für das Wetter war, machte sie ein Drama. Früher habe ich mich immer gewundert, was aus ihr geworden wäre, hätte sie nicht ihre ganze Zeit und

Aufmerksamkeit mir gewidmet. Doch als ich älter wurde, begriff ich, dass sie mich nicht als eigenständige Person betrachtete, sondern als etwas, was sie erschaffen hatte und was nur von Bedeutung war, weil es ihr gehörte. Einmal saß ich bei einer Schulaufführung meiner Tochter zufällig hinter einer Mutter, die die komplette Vorstellung mit dem Handy filmte. Ich musste immer wieder auf das Display schauen, das sich störend hin und her bewegte. Erst nach einer Weile wurde mir klar, dass die Frau ihre Tochter filmte, wie sie auf der Bühne hin und her ging. Indem sie die anderen Beteiligten aussparte, nahm sie dem Stück jeden Sinn. Das Ganze schien etwas über meine Kindheit auszusagen, in der die mir unterstellte Wichtigkeit die Struktur der Realität selbst veränderte.

Halleluja, sagte Betsy, als die Kellner Tabletts voller Essen über den Kies herantrugen. So langsam beeinträchtigt mein niedriger Blutzucker meine Konzentration. Wenn ich Hunger habe, sagte sie und nahm ihren Teller entgegen, kann ich nicht einmal der spannendsten Unterhaltung folgen.

Wie sind Gs Kinder denn so?, wandte Julia sich an David. Während die anderen ins Gespräch vertieft waren, hatte er abwesend in die Runde gestarrt, immer wieder sein Weinglas geleert und sich aus der Flasche nachgeschenkt, die vor ihm auf dem Tisch stand. Nun blickte er leicht erschrocken auf.

Sie sind ziemlich alt, sagte er. Ich würde sie nicht unbedingt als Kinder bezeichnen. Das sind alte Menschen mit Falten und Bäuchen.

Dann kennen Sie sie wohl ziemlich gut, sagte Julia.

Das ist richtig, sagte David.

Haben Sie mitbekommen, wie ihr Verhältnis zu ihrer Mutter war?, fragte Julia.

David zuckte die Achseln. Manchmal, antwortete er. Wie gesagt, das sind alte Leute.

Er runzelte die Stirn.

Ich glaube, sie hatte schon vor langer Zeit aufgehört, eine Mutter zu sein, fügte er nach einer Weile hinzu. Sie wurde zu einer anderen Person. Die Person, die diese Kinder bekommen hatte, existierte in der Vergangenheit, vielleicht auch in der Zukunft. Ich hatte immer den Eindruck, dass G im Laufe der Jahre jünger wurde statt älter.

Ich glaube, ich habe noch gar nicht gehört, wie Sie sie kennengelernt haben, sagte Mauro. Anscheinend waren Sie noch ziemlich jung?

David verzog das Gesicht, als hätte er einen üblen Geschmack im Mund.

Ich war fünfundzwanzig, sagte er. Die Geschichte ist nicht gerade spektakulär. Ein Freund von mir arbeitete für sie und half in ihrem Atelier aus. Als er dort aufhören musste, fragte er mich, ob ich den Job übernehmen wolle.

Mauro lächelte. Und dreißig Jahre später sind Sie für ihren gesamten Nachlass zuständig, sagte er.

Ich bin einfach dabeigeblieben, sagte David ernst. Da gab es nichts, worauf ich besonders viel Lust gehabt hätte. Studieren wollte ich nicht.

Sie hat ihn vergöttert, ging Betsy dazwischen. Junge Männer im Allgemeinen, aber ihn ganz besonders. Er hat die faltigen, übergewichtigen Söhne ersetzt. Wäre David nicht gewesen, hätte ich nicht einmal einen Zeh über die Schwelle ihres Ateliers setzen dürfen. Ich hätte ganz bestimmt keine Biografie schreiben können, nie im Leben. Von jungen Frauen war G nämlich weniger begeistert. Als ich sie das erste Mal interviewte, war ich Ende zwanzig und nicht besonders selbstbewusst. Eine meiner Fragen gefiel ihr nicht, sagte Betsy und sah dabei David an. Ich kann mich aber nicht mehr erinnern, welche.

Es ging um Formate, sagte David. Um die Frage, ob eine Künstlerin so großformatige Werke produzieren darf.

Ach ja, stimmt, sagte Betsy. Sie dachte wohl, ich werfe ihr wegen ihrer großen Figuren so etwas wie Männlichkeitswahn vor, und im Nachhinein muss ich zugeben, dass ich damals wohl ein bisschen taktlos war. Trotzdem hatte ich mit so einer Reaktion nicht gerechnet. Sie erstarrte und schnitt eine furchtbare Grimasse, ihr Ausdruck war beinahe gehässig. Ich hatte schreckliche Angst und fürchtete schon, sie würde mir einen Meißel in den Kopf rammen. Stattdessen ist sie einfach aufgestanden, hat ihren Stuhl umgedreht und mir den Rücken zugekehrt! Für den Rest des Interviews redete sie nur noch indirekt mit mir, durch David. Ich stellte eine Frage, und sie sagte zu ihm: »*Sie* möchte wissen, was meine Beziehung zu Stoffen geprägt hat«, in einem absolut spöttischen Ton. Es war die demütigendste Erfahrung meines Lebens, sagte Betsy.

Und danach haben Sie sie trotzdem nicht gehasst?, fragte Julia. Wie konnten Sie ihre Biografie und die Essays schreiben und in Museen wie dem unsrigen Vorträge über sie halten?

Ach, ich habe es nicht persönlich genommen, antwortete Betsy. Ich neige eigentlich nicht zur Scham – wahrscheinlich sollte ich mich viel öfter schämen. Aber mich zu beschämen, ist gar nicht so leicht, und G hatte es versucht. Menschen, die sich auf die Scham verlassen, tun mir leid. Es beweist nur, dass sie selbst einmal gedemütigt und beschämt wurden, und in Gs Fall trifft das sicherlich zu. Scham war der zentrale Pfeiler ihrer Kindheit. Meine Mutter hat mir hingegen beigebracht, mich niemals für mich zu schämen und auf Mobbing nicht mit Selbstkritik zu reagieren. Obwohl ich mir natürlich in den Hintern hätte treten können dafür, dass ich sie mir so früh zur Feindin gemacht hatte. Es hat so manches unnötig erschwert.

Sie ist mit dir nie warm geworden, sagte David.

Nein, wirklich nicht, sagte Betsy. Aber das spielte keine Rolle. Ich würde nicht erwarten, dass sich eine Frau wie sie für eine Frau wie mich erwärmt. Ich bin dick und faul und habe es gern bequem, außerdem habe ich noch nie im Leben etwas riskiert. Ich bin in eine Stadt gezogen, die mich nicht herausfordert und in der ich tun kann, was ich will. Ich habe mich für einen Freundeskreis entschieden statt für eine eigene Familie, weil er weniger Arbeit macht. Ich habe mich für ein mittelmäßiges College entschieden, das mir ein hohes Gehalt dafür zahlt, über das zu schreiben, was mich interessiert. Ich bin glücklich, ich wollte immer nur glücklich sein, aber für eine Frau wie G ist Glück kein Lebensziel, sondern eine echte Bedrohung. Ich will nicht bestreiten, dass sie in ihrer Arbeit Glück gefunden hat, aber vermutlich handelte es sich um eine sehr erhabene Sorte von Glück, die die meisten Menschen gar nicht verstehen könnten. Gewöhnliches Glück war unter ihrer Würde.

Sie sind zu bescheiden, sagte Mauro. Ihre Biografie über G ist eine außergewöhnliche Interpretationsleistung. Ihre Essays haben das Denken über sie verändert und ihr Werk einem breiteren Publikum zugänglich gemacht.

Nun, wenn das so ist, hat sie sich nie bei mir bedankt, sagte Betsy. Ich habe eine Menge Dankbarkeit von Künstlerinnen bekommen, für die ich viel weniger getan hatte. Aber ich respektiere G für ihre Undankbarkeit. Sie hat sich geweigert, dankbar zu sein. Sie wollte sich nicht zum Opfer der Dinge machen, die ihr widerfahren sind. Ehrlich gesagt haben einige der Frauen, für die ich mich eingesetzt habe, mich mit ihrer Dankbarkeit enttäuscht, die sich im Übrigen auch in ihren Werken niederschlägt. G war selbstsüchtig, grausam und egoistisch – sie war so schlecht und so gut wie jeder Mann. Meiner Meinung nach war sie sogar besser, lebte sie doch zwei Leben. Zuerst lebte sie das einer Frau, beengt und konventionell. Sie hat den Arbeitskollegen ihres Mannes das Abendessen gekocht und nebenbei ihre Kunst gemacht. Später dann, als er so freundlich war zu sterben und sie finanziell abgesichert zu hinterlassen, lebte sie wie ein Mann. Ich weiß allerdings nicht, sagte Betsy, was passiert wäre, wenn er länger gelebt hätte, insofern ist eine Künstlerin immer ein Opfer des Zufalls. Vielleicht hat sie Glück und merkt, dass andere ihr gewisse Freiräume lassen; oder sie bleibt weiterhin von Entscheidungen beengt, die andere über ihren Kopf hinweg getroffen haben. Wenigstens war G so klug, keinen Künstler zu heiraten, wobei natürlich auch das ein Ergebnis ihrer Konventionalität war. Sie heiratete einen angesehenen Mann mit Verbindungen, denn dazu war sie erzogen worden. Ein Denkfehler, der Frauen unterläuft, ist zu glauben, die Ehe mit einem unkonventionellen Mann wäre ihre Chance auf Freiheit. Die schlimmsten Beispiele für weibliche Sabotage in der Kunst laufen immer wieder darauf hinaus. Eine Künstlerin heiratet einen Künstler, weil sie ihre Ambitionen in ihm gespiegelt sieht. Sie glaubt, er als Künstler ließe sie eine Künstlerin sein – sie glaubt, er wäre der Einzige, der sie versteht. Aber jeder Künstler wünscht sich eine Sklavin, und wenn er eine Künstlerin heiratet, bekommt er noch einen Bonus obendrauf, denn sie hält ihn für ein Genie.

Angeblich war sie nie verliebt, sagte David. Sie hat die Liebe verachtet. Nur deshalb war der Umgang mit ihr so einfach.

Nur für Männer, sagte Betsy. Eine Frau, die sich weigert

zu lieben, wird andere Frauen nicht tolerieren. Sie weiß, dass diese Frauen auf sie herabschauen oder sie bemitleiden. Abgesehen davon hält sie sie für dumm.

Dass eine Frau nur dann Künstlerin sein kann, wenn sie sich weigert zu lieben, sagte Julia, ist doch eine furchtbare Vorstellung.

Wenn Sie mich fragen, sagte David, ist jede Frau ohne Liebe besser dran.

Der Abend wurde dunkler und wärmer und im Hof schien kurzzeitig eine Art Fieber zu steigen, während Gespräche und Gelächter ununterscheidbar zusammenflossen und die Kellner mit beladenen Tabletts zwischen den vollbesetzten Tischen hin und her liefen. Durch die Menge näherte sich ein Mann unserem Tisch, und als die Direktorin ihn bemerkte, stand sie auf. Er war ungewöhnlich groß und hager. Sein breiter Kopf, die Glatze und die runden, weit geöffneten Augen verliehen ihm ein leicht makaberes Aussehen. Obwohl der Abend sehr warm war, trug er einen dunklen, steifen Mantel.

Thomas, sagte die Direktorin, welche Freude, ich hatte keine Ahnung, dass du auch hier bist.

Die haben mich in die Ecke hinter eine Topfpflanze gesetzt wie ein hässliches Möbelstück, sagte der Mann. Ich konnte dich sehen, aber du mich offenbar nicht.

Das erscheint mir hier nicht wie die Art Restaurant, die du besuchen würdest, sagte die Direktorin lächelnd.

Das stimmt, sagte Thomas. Aber heute Abend bin ich vorbeigelaufen und hatte spontan Lust, hereinzukommen.

Er schaute zu, wie man ihm einen Stuhl holte und am Tisch Platz machte.

Aber wirklich nur, wenn ich ganz sicher nicht störe, sagte er, und in Richtung der Direktorin fügte er hinzu: Ich wollte mir heute Nachmittag die Ausstellung ansehen, aber das Museum hatte geschlossen. Angeblich gab es irgendeinen Zwischenfall. Ich hatte mir schon Sorgen um dich gemacht.

Es gab einen Unfall, sagte die Direktorin. Das gesamte Gebäude musste evakuiert werden. Eigentlich hatten wir für den ganzen Tag Vorträge und Gespräche geplant, die aber alle abgesagt werden mussten. Einige der hier Anwesenden sind für ihre Teilnahme um die halbe Welt gereist, es war also eine große Enttäuschung.

Wie schade, sagte Thomas und blickte mit großen Augen in die Runde. Und vermutlich müssen Sie nun alle wieder die Heimreise antreten? Bestimmt fühlt es sich seltsam an, nur zum Schweigen hergekommen zu sein. Ich habe einen Krankenwagen vor dem Museum gesehen, sagte er zur Direktorin. Es war hoffentlich nichts Ernstes?

Ernst genug, antwortete die Direktorin. Ein Mann hat sich im Museum umgebracht. Er ist vom obersten Stockwerk ins Atrium gesprungen.

Aber vorher hat er sich natürlich die Ausstellung angesehen, ergänzte Mauro. Ich finde das sehr höflich.

Mauro, sagte Julia, das ist ja schrecklich.

Zu dem Zeitpunkt haben sich nicht viele Leute im Museum aufgehalten, erklärte die Direktorin, es hätte also noch schlimmer kommen können. Wegen der Parade herrschte weniger Andrang als an anderen Wochenenden. Aber du kannst dir sicher vorstellen, welche Formalitäten wir zu erledigen hatten, und ich bin mir sicher, dass es noch lange nicht vorbei ist.

Es erscheint mir sehr rücksichtslos, sagte Thomas, einen so privaten Akt in der Öffentlichkeit zu vollziehen. Aber vielleicht wollte er einfach nur nicht allein sterben. Ich frage mich, warum er ausgerechnet diese Ausstellung gewählt hat? Hast du eine Ahnung?

Ich gebe zu, dass ich mir dieselbe Frage gestellt habe, sagte die Direktorin. Es könnte natürlich ein Zufall gewesen sein, so dass da gar kein Zusammenhang besteht. Aber in der Tat hat er sich vorher die Ausstellung angesehen. Ich will damit nicht behaupten, die Werke hätten bei seinem Entschluss, den er sicher schon viel früher gefasst hatte, eine Rolle gespielt. Trotzdem frage ich mich, ob sie etwas dazu beigetragen haben, wie manche Träume es tun. Möglicherweise haben sie seinen Bezug zur Wirklichkeit gelockert. Die Arbeiten von G, vor allem die hier ausgestellten, fordern die Wirklichkeit heraus. Sie hinterfragen die Wirklichkeit des Körpers. Wir betrachten den Körper als etwas Konkretes und Unveränderliches, das in gewisser Hinsicht wirklicher ist als der Verstand, das aber von diesem getrennt bleibt und ohne ihn auskommen muss. G war in der Lage, ebendiesen verborgenen oder unbekannten Verstand des Körpers, für den der Körper weniger real als psychologisch ist, zu durchdringen. Ich persönlich finde, ihr Werk hat etwas genuin Verstörendes, für das ich weder Erklärungen noch Antworten finde, fast so, als wäre jede bewusste Reaktion darauf irrelevant, weil nur der Körper – beziehungsweise der Körperverstand – darauf reagieren kann. Wenn ich ihre Arbeiten betrachte, erscheint es mir bizarr, ja geradezu erschreckend, in einem Körper zu leben. Nicht weil der Körper altert und stirbt, sondern weil er unbekannt bleibt. Menschen, die versuchen, ihren Körper kennenzulernen, durch Sport beispielsweise oder indem sie sich vergnügen, finde ich genauso begrenzt und beschränkt wie praktizierende Gläubige. Gs Wissen ist von anderer Art, ein Spektakel des Grauens und gleichzeitig der Freiheit, deshalb frage ich mich, ob der Mann in der Hoffnung handelte, seine Tat könnte wenigstens in dieser Umgebung verstanden werden.

Du hast nichts über den körperlichen Schmerz gesagt, der mit einer solchen Tat verbunden ist, ergriff Thomas das Wort, und auch nichts darüber, was dieser Schmerz für den Körperverstand bedeutet. Manchmal frage ich mich, ob die Leute den Schmerz heutzutage nicht mehr ernst nehmen. Das seelische Trauma bewerten wir inzwischen viel höher. Ich persönlich hatte immer große Angst vor Schmerzen. Als du eben von dem Sprung des Mannes erzählt hast, war mein erster Gedanke, dass ich zu so etwas niemals fähig wäre. Ich hätte zu viel Angst vor den damit verbundenen Schmerzen. Seelische Schmerzen machen mir gar keine Angst. Falls ich sie überhaupt wahrnehme, erwarte ich einfach von mir selbst, dass ich sie ertrage.

Aber Thomas, sagte die Direktorin, genau das hat unsere Vergangenheit doch aus uns gemacht. Wir empfinden anders als andere Menschen.

Glaubst du das wirklich?, fragte Thomas. Vermutlich haben wir unsere jeweilige Vergangenheit als vollkommen normal wahrgenommen, schließlich fehlte uns der Vergleich. Wir haben erst später gemerkt, dass wir Dinge überlebt haben, die für andere traumatisierend gewesen wären. Aber für uns fühlte es sich ganz anders an. Stimmst du mir da nicht zu? Vor seelischen Verletzungen und emotionalem Aufruhr fürchte ich mich nicht. Trotzdem betrachte ich mich nicht als sonderlich mutig. Ich betrachte mich als einen Feigling.

Aber sicher hängt das eine mit dem anderen zusammen, sagte Mauro. Denn ist es nicht gerade emotionale Abgestumpftheit, die Angst vor körperlichen Empfindungen erzeugt? Wenn Menschen starke Gefühle erleben, machen sie sich in der Regel keine Gedanken über die körperlichen Folgen. Wenn Sie beispielsweise Ihr Kind verteidigen müssten, würden Sie sich ohne zu zögern selbst in Gefahr bringen.

Ich habe kein Kind, sagte Thomas, aber ich habe oft über diese Frage nachgedacht. Offenbar gilt als anerkannte Tatsache, dass man in ein brennendes Gebäude laufen würde, um sein Kind zu retten. Aber was, wenn das gar nicht stimmt? Das Problem ist, dass nur sehr wenige Menschen bereit wären, für eine andere Sichtweise einzutreten. Wer möchte schon zugeben, dass er sich nicht dem Risiko ausgesetzt, sondern instinktiv gehandelt und sich selbst gerettet hat? Ich habe nur ein einziges Mal ein solches Geständnis gehört, und zwar von einer jungen Frau, die gerade ein Baby bekommen hatte. Sie fürchtete sich sehr vor Hunden. Als das Baby, ein Mädchen, wenige Wochen alt war, ging sie mit ihm im Park spazieren. Sie hielt es auf dem Arm, als plötzlich ein großer Hund bellend auf sie zusprang. Noch bevor sie merkte, was sie da tat, hielt sie das Kind wie einen Schutzschild vor sich. Reiner Instinkt, wie sie später sagte, dennoch war sie über ihre Reaktion entsetzt und hielt sie für einen Hinweis darauf, sie könnte als Mutter ungeeignet sein. Eigentlich war sie eine sehr gute Mutter, aber ihre Reflexe ließen sie daran zweifeln.

Wenigstens kann Ihre Bekannte sich darauf berufen, dass der Hund eine echte Gefahr darstellte, sagte Julia zu Thomas, auch wenn vermutlich gerade das Ihre Geschichte so erschreckend macht. Ich kenne Menschen, die auf Vögel, Mäuse und sogar Insekten völlig gelähmt reagieren. Ich habe mich oft gefragt, was das zu bedeuten hat. Man könnte wohl von Phobien sprechen, die bei Menschen, die in der Stadt leben und sich der Natur entfremdet haben, umso stärker ausgeprägt sind; aber wenn es Mut braucht, scheint es sie doch sehr verletzlich zu machen. Einmal hat eine Frau an meiner Tür geklingelt und behauptet, sie sei meine Nachbarin. Ich hatte sie noch nie gesehen, sie war ungefähr in meinem Alter und sehr gut gekleidet. Sie erzählte mir, sie sei bei der Arbeit gewesen, als ein paar Tauben durch das einen Spalt breit geöffnete Fenster in ihre Wohnung eingedrungen seien. Sie bat mich, herüberzukommen und die Vögel zu verjagen, da sie an einer Taubenphobie leide. Ich musste ihr leider sagen, dass auch ich mich vor Tauben fürchte und deshalb ihre Wohnung nicht betreten könne. Da standen wir, zwei erwachsene, einander fremde Frauen in einer lächerlichen Notlage. Am Ende seufzte sie und ging hinunter, um woanders zu klingeln, und da wurde mir klar, dass auch ich mich jederzeit in dieser Situation wiederfinden könnte, ausgesperrt aus der eigenen Wohnung von einer Taube. In dem Moment staunte ich darüber, dass die von mir aufgebaute Identität aus Karriere, Privatleben, Freunden, Erinnerungen und Problemen angesichts eines grauen Vogels einfach so in sich zusammenbrechen könnte.

Mauro legte Julia tröstend eine Hand auf den Arm, und sie ergriff sie und hielt sie fest.

Wahrscheinlich liegt es daran, dass Tiere keine Sprache haben, sagte er. Zumindest keine, die wir mit einem Bewusstsein verbinden würden. Für uns sind Tiere nur Körper, deren Handlungen und Motive wir nicht verstehen. Mit anderen Worten erleben wir sie als Wahnsinn und auch als Tod, denn Tiere können ohne jede Erklärung sterben. Vielleicht wären wir alle weniger verrückt, wenn wir bessere Beziehungen zu Tieren hätten, denn wenn wir aufhören, ihre Körper zu fürchten, müssten wir auch vor unserem eigenen keine Angst mehr haben. Aber immerhin musstest du in dieser Notlage nicht deine Männlichkeit beweisen. Für einen Mann wäre es sehr schwierig gewesen, der Nachbarin gegenüber zuzugeben, dass er nicht imstande ist, die Tauben für sie zu vertreiben.

Und ich dachte, es gäbe keine Männlichkeit mehr, sagte

Betsy leichthin. Ich dachte, es gäbe nur noch Gewalt. Wie dem auch sei, wandte sie sich an Thomas, viele Menschen hätten Angst davor, sich umzubringen, selbst wenn sie es wollten. Aber was sie eigentlich fürchten, ist das Leben.

Ich finde Selbstmord nicht besonders mutig, sagte die Direktorin nachdenklich. Wahrscheinlich wurde mir beigebracht, Selbstmord als ultimativen Akt der Feigheit zu betrachten. Dass du dich als Feigling bezeichnest, sagte sie zu Thomas, hat mich dennoch überrascht. So etwas zuzugeben, erscheint mir untypisch für dich. Ich habe dich immer als starken, stabilen Menschen erlebt.

Thomas lächelte auf eine leicht gruselige Weise. Unter seiner kahlen Kopfhaut zeichneten sich alle Beulen und Bewegungen ab, und beim Lächeln legte sich seine komplette Glatze in Falten.

Ich war selbst davon überrascht, sagte er. Aber anscheinend neige ich dieser Tage zu untypischem Verhalten. Womöglich lege ich, ähnlich wie ein Schauspieler, eine Rolle ab.

Wie haben Sie sich kennengelernt?, fragte Julia und sah zwischen den beiden hin und her.

Wir sind zusammen zur Schule gegangen, erklärte die Direktorin. Wir stammen beide aus dem Osten, was bedeutet, dass wir uns vermutlich selbst dann erkennen würden, wenn wir uns nie zuvor begegnet wären. Thomas ist Lehrer. Ich werde nie verstehen, wie er seine zweite Lebenshälfte einer so selbstlosen Aufgabe widmen konnte, vor allem, wenn man bedenkt, wie die erste aussah.

Ehrlich gesagt habe ich gerade gekündigt, sagte Thomas.

Wirklich?, fragte die Direktorin.

Schon vor ein paar Monaten, sagte er. Ich brauche mir keinen Wecker mehr zu stellen. Mein Fahrrad bleibt im Schuppen. Ich verbringe meine Abende nicht mehr damit,

Unterlagen zu sortieren und meine Schultasche zu packen. Und letzten Monat habe ich zum ersten Mal kein Gehalt bezogen.

Was werden Sie jetzt tun?, fragte Julia.

Das weiß ich nicht, sagte Thomas. Ich weiß nicht, ob und was ich arbeiten werde. Zum ersten Mal in meinem Leben bin ich frei. Ich habe ein bisschen Geld gespart, was natürlich das Erste ist, woran man denkt. Aber ich habe festgestellt, dass ich mich selbst für Geld zu nichts mehr zwingen würde. Vor nicht allzu langer Zeit ist mein Vater gestorben, und fast am nächsten Tag habe ich meine Entscheidung getroffen. Es fiel mir gar nicht schwer. Nach seinem Tod habe ich schnell gemerkt, dass ich die Rolle meiner selbst nicht mehr spielen muss. Vielleicht brauche ich gar nicht mehr zu existieren.

Ich wusste nicht, dass er gestorben ist, sagte die Direktorin traurig.

Er ist gestorben, ohne wirklich gelebt zu haben, sagte Thomas, und obwohl es sich so leicht sagt, ist es ziemlich erschütternd, es selbst zu erleben. Man könnte behaupten, die Geschichte und die Politiker dieses Landes hätten ihm zu leben verboten, doch ich habe immer an das Menschliche geglaubt – an eine Seele, wenn ich das Wort benutzen darf –, das selbst die ärgsten Vernichtungsversuche überlebt. Aber in Wahrheit hat nichts von ihm überlebt. Als sich alles änderte, blieb er derselbe – er lief herum wie ein Bruchstück der alten Wirklichkeit, das aus irgendeinem Grund in der neuen vergessen worden war. Meine Frau ist Dichterin, aber mein Vater hat nie verhehlt, dass er diesen Beruf für frivole Zeitverschwendung hält. Sie ist im Westen aufgewachsen, wo der Freiheit, sich für Kunst und Literatur zu interessieren, eine große Bedeutung beigemessen wurde. Aber für ihn war so etwas ein Luxus. Ich selbst wollte auch einmal Schriftsteller werden, aber dieser Berufswunsch war in meiner Familie im Grunde undenkbar; unser Verhältnis zur Wahrheit war dafür viel zu brutal. Die Leute glauben, Leid und Unterdrückung wären förderlich für die Kunst, aber ich kann Ihnen versichern, dass das nicht stimmt. Durch Unterdrückung werden wir emotional und geistig deformiert. Mein Vater war zum Schweigen verurteilt, und so lief unser Familienleben in vollkommener Stille ab. Und seit sich die Dinge geändert haben, ist eine neue Art von Schweigen entstanden. Alle möchten vergessen, was geschehen ist, oder vielleicht können sie sich einfach nicht erinnern. Das neue Schweigen ist eine Art Vergessen, wie Haut, die eine Wunde verschließt, und was geschehen ist, spielt keine Rolle mehr. Hin und wieder haben meine Frau und ich darüber gesprochen, manchmal haben wir uns sogar gestritten. Eine Zeitlang hatte ich den Verdacht, dass auch sie die Vergangenheit am liebsten vergessen würde, damit anderes an Bedeutung gewinnen kann. Denn nur in dem Fall wäre es wohl wichtig, Gedichte zu schreiben.

Wenn sie wie die meisten Dichter ist, sagte Mauro, hält sie ihre Arbeit wahrscheinlich für nutzlos. Nicht weil sie ein Luxus wäre, sondern im Sinn eines Spinnennetzes, das in einer Zimmerecke hängt. Alle ignorieren das Spinnennetz, und doch erfordert seine Herstellung eine enorme Ausdauer und Geduld. Außerdem kann es jederzeit weggefegt werden, im Handumdrehen und unbemerkt. Niemand bemerkt Gedichte, aber wenn man darauf stößt und sie genauer betrachtet, entdeckt man etwas Wunderbares, ähnlich wie beim Spinnennetz. Das Netz hat nichts mit Geschichte, Politik oder Unterdrückung zu tun, denn es existiert in einer anderen Wirklichkeit und ist natürlich viel schwächer und empfindlicher. Es ist mit dem Überleben verknüpft, nicht mit Macht oder Gewalt – es überlebt trotz Macht und Gewalt. Wenn es weggewischt wird, war die ganze Arbeit vergeblich, dennoch beginnt sie einfach von vorn, in einer anderen Ecke des Zimmers.

Thomas betrachtete Mauro, ohne zu blinzeln.

Ich habe in unserer Beziehung immer die Verantwortung getragen und war für das Praktische zuständig, sagte er schließlich. Ich bin zur Arbeit gegangen und habe die Spinne ungestört ihr Netz knüpfen lassen. Doch im Laufe der Zeit begann ich zu ahnen, dass mir die Verantwortung und der Pragmatismus aufgezwungen wurden, nicht nur durch die Lebensfremdheit der Lyrik, sondern durch zahlreiche ungeschriebene Codes, die festlegen, wer für wen verantwortlich ist. Insgeheim pflichtete ich manchmal sogar meinem Vater bei, indem ich die Arbeit meiner Frau als etwas ansah, was ich nur duldete. Warum soll die Lyrik nicht für sich selbst aufkommen, wie alles andere auch? Warum sollte ich unfrei sein, nur damit meine Frau sich ausdrücken kann? Diese Gedanken waren sehr schmerzhaft für mich, denn ich war immer stolz auf ihre Arbeit und auch auf mich, der ich sie unterstützte. An der Seite eines kreativen Menschen zu leben, hat für mich immer den endgültigen Bruch mit meiner Vergangenheit bedeutet. Bevor ich mich entschloss, meinen Job zu kündigen, haben wir natürlich viel darüber geredet, welche Probleme das für sie mit sich bringen würde, und obwohl ich ihr versprach, nicht ohne ihr Einverständnis zu handeln, bin ich mir nicht mehr sicher, ob das wirklich stimmte. Zunächst reagierte sie sehr erschrocken, und auch das machte ihr Sorgen. Wir hatten schon vor langer Zeit beschlossen, keine Kinder zu bekommen, aber plötzlich sagte sie, sie hätte sich doch eins gewünscht. Wahrscheinlich glaubte sie, dass ich meinen Job niemals aufgegeben hätte, gäbe es ein Kind zu versorgen. Meine Verpflichtungen ihr gegenüber waren weniger klar. Einige dieser Gespräche waren geradezu entsetzlich, als hätten wir zugeben müssen, dass unserem augenscheinlich friedlichen, harmonischen Zusammenlebens ein Pakt mit dem Teufel zugrunde lag. Am Ende erklärte sie sich mit der Kündigung einverstanden, eine Zeitlang betrachtete sie sie sogar als Chance, mutiger und stärker zu werden.

Gedichte werden sehr schlecht bezahlt, sagte er, deshalb musste sie sich nach etwas anderem umsehen. Sie bewarb sich bei Zeitschriften und als Verlagslektorin, bekam aber wegen ihrer fehlenden Berufserfahrung nie eine Zusage. Sie absolvierte zahllose Vorstellungsgespräche und fuhr durch die Stadt, bis sie vollkommen erschöpft war. Es ging ihr dauerhaft schlecht; ihr Leiden war diffus, schien sich aber täglich zu verschlimmern. Früher war sie mit ihrem Leben recht glücklich gewesen und zufrieden mit ihrer Arbeit, doch angesichts der wiederholten Absagen fing sie an, sich als Versagerin zu betrachten. Sie war ganz offensichtlich wütend auf mich, weil ich sie in so eine Lage gebracht hatte. Eines Tages, sie war auf dem Weg zu einem Vorstellungsgespräch, stolperte sie auf der Straße und verletzte sich schwer, und da regte sie sich furchtbar auf und gab mir die Schuld an dem Unfall. Im Grunde erwartete sie wohl, dass ich die Kündigung zurückzog, denn ich konnte ja sehen, wie sehr sie sich bemühte; doch statt wieder als Lehrer zu arbeiten, begann ich, ein Buch zu schreiben – das Buch, das ich schon seit Jahren im Kopf hatte. Sie tat mir leid, aber überraschenderweise fühlte ich mich nicht besonders schuldig, ungeachtet der Tatsache, dass ich sie immer wie eine Kostbarkeit behandelt hatte, auf die ich achtgeben muss. In einer unserer Diskussionen räumte ich schließlich ein, dass ich nicht wusste, wie es weitergehen würde. Ich wusste nicht, was mich jenseits der Verantwortung erwartete, jenseits der Verpflichtungen, die ich zeit meines Lebens erfüllt hatte. Ich wusste nur, dass es für mich kein Zurück gab. Das Ganze sei ein Sprung, erklärte ich ihr, ein Sprung in die Ungewissheit. Von der Vorstellung, ein Mensch müsste sich eine Zeitlang im freien Fall befinden, um sich zu verändern, war sie so beeindruckt, dass sie die Dinge sofort in einem anderen Licht sah. Zum ersten Mal fragte sie sich, warum sie Schriftstellerin geworden war, vor allem in einer so kleinen Nische, in der sich – abgesehen von ein paar Genies – niemand profilierte. Sie konnte vom Gedichteschreiben nicht leben, und sie bezweifelte, dass ihre Gedichte für irgendwen von Bedeutung waren. Natürlich hatte sie Freude daran, Gedichte zu schreiben, so wie andere Freude daran hatten, sie zu lesen; aber sie glaubte nicht, dass diese anderen sie als notwendig erachteten. Nein, ihre Arbeit war weder notwendig noch zweckdienlich – in der Tat entdeckte sie darin plötzlich etwas Verstohlenes, als wäre sie einem heimlichen Vergnügen nachgegangen. Vielleicht hatte sie Gedichte geschrieben, weil sie sich vor allem anderen fürchtete, mit anderen Worten gerade wegen ihrer mangelnden Zweckdienlichkeit. Und auch, weil sie Schriftstellerin sein wollte, ein Wunsch, der vielleicht ihrer Ehrfurcht vor anderen Schriftstellern entsprungen war. Eines Tages wurde sie von einer befreundeten Lehrerin eingeladen, in die Schule zu kommen und über Lyrik zu sprechen. Bislang hatte sie so etwas immer abgelehnt, aus Furcht, aber nun war sie offen für Veränderungen und sagte zu. Sie kam begeistert nach Hause zurück. Es war wundervoll gewesen: die Offenheit und der Enthusiasmus der jungen Leute, ihre erstaunlichen Gedanken, vor allem ihre eigene, unerwartete Kompetenz während der Unterrichtsstunde, die sie natürlich akribisch vorbereitet hatte. Zwischendurch war die Schulleiterin hereingekommen und hatte zugehört, und danach fragte sie meine Frau, ob sie jemals darüber nachgedacht habe, als Lehrerin zu arbeiten. Seit einem Monat ist nun meine Frau diejenige, die abends Unterlagen in die Schultasche packt und sich einen Wecker stellt, während ich in mein Arbeitszimmer gehe und schreibe. Es ist natürlich noch zu früh, um zu beurteilen, ob dieser Rollentausch im echten Leben ein ebenso glückliches Ende nehmen wird wie in meiner Geschichte, aber momentan lachen wir über die gute Idee.

Solange Sie kein Salz in ihre Wunde streuen, indem Sie einen Bestseller schreiben, sagte Betsy.

Ich kenne viele Frauen, die erwarten, von den Männern, mit denen sie zusammenleben, versorgt zu werden, sagte Julia. Ja, für gewöhnlich haben sie Kinder, und die meisten stellen es dar wie eine Abmachung, die ganz zu Anfang getroffen wurde, doch diese Abmachung ist immer dieselbe: Der Mann verdient das Geld, während die Frau ihre Karriere und ihre Ziele hintanstellt. Manchmal war ich auf diese Frauen neidisch, denn ich habe keinen Partner und ernähre mich und meine Tochter selbst; ein Leben, in dem man jede Handlung nicht auf ihre praktische Notwendigkeit überprüfen muss, kommt mir vor wie ein unfassbares Privileg. An anderen Tagen habe ich den Eindruck, dass die Abwesenheit von Notwendigkeiten den Ehrgeiz dieser Frauen schwächt und sie auf ein Überleben ohne fremde Hilfe gar nicht vorbereitet wären. Ihre Existenz ist so auf ihr Geschlecht ausgerichtet, als vertrauten sie auf das Geschlecht als einzige Orientierungshilfe. An Gs Werk interessiert mich unter anderem, dass in ihren Augen beide Geschlechter gleichermaßen verdammt sind. In der Hinsicht sind sie fast austauschbar, so dass ein drittes Geschlecht entsteht, in dem Mann und Frau miteinander verschmelzen und neutral werden. Mit anderen Worten wird das Paar zu einem doppelköpfigen Monster, von dem kleine Kinder baumeln. Ich kenne selbstverständlich auch Leute, die sich bemühen, die Sache gleichberechtigter anzugehen und sich ihre jeweilige Identität zu bewahren, aber sie scheinen noch mehr Probleme zu haben als konventionelle Paare, die ihr Familienleben nach außen immerhin als perfekt darstellen können. Freunde von mir haben ein kleines Kind. Sie haben sich darauf geeinigt, die Verantwortung für das Geldverdienen ebenso zu teilen wie die für die Kinderbetreuung. Die Frau verbringt die Hälfte ihrer Zeit bei der Arbeit und die andere Hälfte mit ihrer Tochter. Wenn der Mann an der Reihe ist, sich um das Kind zu kümmern, bezahlt er dafür allerdings ein Kindermädchen, das seine Hälfte übernimmt. Er behauptet, sich an die Abmachung zu halten, zielte diese doch darauf ab, die Verantwortung gleichmäßig zu verteilen; das Kind wird von einem Kindermädchen betreut, das er allein bezahlt. Die Frau ärgert sich darüber, dass er weniger Zeit mit dem Kind verbringen will als sie, außerdem fragt sie sich während der Arbeit ständig, ob das Kindermädchen alles richtig macht. Sie streiten pausenlos darüber, selbst in der Öffentlichkeit. Die Frau ist so wütend über dieses Unrecht, das er als legitime Lösung darstellt, dass sie ihn mittlerweile ganz eindeutig hasst.

Der mattschwarze Himmel mit Schlieren aus grünlichem Licht erinnerte an ein Hämatom. Die ersten Gäste gingen, die aufgeregten Unterhaltungen dämpften sich zu Gemurmel. Das goldene Lampenlicht fiel auf sich leerende Tische. Aus der nachlassenden Hektik erwuchs ein Gefühl von Nachgiebigkeit, als lockerte die Zeit vorübergehend ihren Griff. Die Kellner standen plaudernd in den dunklen Torbögen.

Ich sollte nach Hause gehen, sagte die Direktorin. Der Tag war lang und seltsam, und ich habe keine Ahnung, wie ich ihn beschließen soll. Aber wahrscheinlich wird er enden wie jeder andere.

Ihr schmales Gesicht war gerötet. Sie wirkte körperlich erschöpft, aber beseelt, wie eine Läuferin nach dem Rennen. Nur in ihren kleinen, hellen Augen leuchtete noch die Furcht. Sie schloss sie und verzog den Mund zu einem geheimnisvollen Lächeln.

Ich kann dich begleiten, sagte Thomas. Wenn du nicht zu müde bist, könnten wir zusammen zu Fuß gehen. Ich habe Lust zu laufen. Anscheinend war ich zu hässlich für dieses Restaurant, aber die Bewegung wird mir meine Anonymität zurückgeben.

Die Direktorin lachte.

Ich weiß, was du meinst, sagte sie. Ich würde auch gern zu Fuß gehen. Mir ist nach Tempo.

Sie wühlte in ihrer Handtasche und holte ein ausgebeultes Portemonnaie aus abgewetztem Leder hervor.

Ich lasse euch die Karte da, sagte sie zu Mauro und Julia. Ihr könnt sie mir morgen zurückgeben. Dann wandte sie sich an uns. Gute Nacht, sagte sie. Heute wusste ich nicht, was passieren würde. Ich konnte mir nicht vorstellen, wie es weitergehen soll oder in welche Richtung. Aber nun ist die Zeit doch irgendwie verstrichen, oder wir haben sie verstreichen lassen. Vermutlich werde ich die meisten von Ihnen nie wiedersehen, aber ich danke Ihnen für die Gesellschaft.

Danke, dass ich mich anschließen durfte, sagte Thomas. Obwohl ich fürchte, dass mein Beitrag viel zu persönlich war. Ich fühle mich verdächtig erleichtert, als hätte ich einen Teil von mir abgelegt. Nun muss ich mich fragen, ob das, was ich erzählt habe, tatsächlich stimmt, ergänzte er skeptisch. Vielleicht würde die Geschichte, müsste ich sie noch einmal erzählen, vollkommen anders klingen.

Er bot der Direktorin seinen Arm an. Sie entfernten sich, eine riesige neben einer kleinen, schmalen Gestalt. Mit gesenkten Stimmen nahmen sie ihre Unterhaltung wieder auf, die immer undeutlicher wurde, während sie sich zwischen verlassenen Tischen hindurch zum Hofausgang bewegten.

Ich möchte trotzdem nicht an ihrer Stelle sein, sagte Betsy und sah ihnen nach. Wahrscheinlich hat das Ganze noch ein Nachspiel. Man stelle sich nur vor, er wäre auf jemanden draufgefallen.

Bestimmt hat er vorher nach unten geschaut, sagte David.

Wie beim Überqueren einer Straße?, fragte Betsy.

Woher soll ich das wissen?, sagte David. Ich habe doch keine Ahnung, was in solchen Leuten vorgeht.

Weil du dir darüber keine Gedanken machst, sagte Betsy. Und das völlig zu Recht.

David lächelte ein nüchternes, klares Lächeln, das plötzlich sein gesamtes Gesicht erhellte.

Genau, sagte er. Es ist mir egal.

Umso besser für dich, sagte Betsy. Gedanken sind überbewertet.

Ich wünschte, ich hätte mehr davon, sagte David.

Warum? Damit auch du über irgendein Geländer springen kannst?, fragte Betsy.

Vielleicht, sagte David. Er lächelte immer noch.

Ich finde wirklich, die Leute sollten sich nicht so viele Gedanken machen, sagte Betsy. Am Ende überreizt es sie nur.

Ich habe keinen Grund, mir Gedanken zu machen, sagte David. Ich habe nie einen gefunden.

Weil das Leben immer gut zu dir war, sagte Betsy. Du bist ein Sonntagskind. Du bist verwöhnt.

Ich schade niemandem, sagte David. Ich halte keine Frau vom Dichten ab, genauso wenig, wie ich sie finanziell unterstützen oder ihr ausreden muss, ein Kind zu verlassen. Mit so etwas musste ich mich nie befassen. Wollte ich auch nicht.

Das stimmt, sagte Betsy, und es hat dich davor bewahrt, unerträglich zu werden. Du bist weiß und ein Mann, die Dinge fallen dir einfach in den Schoß. Ich will damit nicht sagen, es wäre deine Schuld. Du hast nichts dafür getan und nichts dagegen. Du hast dich einfach treiben lassen. Wie ein Korken im Wasser, der immer oben schwimmt.

Das hast du doch von G, sagte David. Sie hat das immer gesagt.

Ja, kann sein, sagte Betsy.

Aber nie über mich, fuhr David fort. Sie meinte damit Männer, die ihren Spaß haben wollen. Sie kannte eine Menge davon. Mich sah sie aber nie in diesem Licht. Ich hatte immer damit gerechnet, aber es passierte nicht. Sie hatte sich wohl geirrt. Es war einer der wenigen Fehler, die ich sie begehen sah. Aber ich wollte keinen Spaß haben, ich wollte gar nichts. Deshalb ist es ihr nie aufgefallen.

Warum hätte es ihr auffallen sollen?, fragte Betsy. Sie hatte dich gern um sich.

David blickte schweigend auf seine Finger, die das Weinglas umklammert hielten wie aus eigenem Antrieb.

Ich hatte immer den Eindruck, sagte er, dass etwas Größeres auf sie wartete, etwas, dem ich im Weg stand. Sie mochte mich, weil sie glaubte, ich wäre die Lösung für ihr Männerdilemma. Ich stand neben der Arena von Familie und Biologie. Ich war kein Liebhaber und kein Sohn, vielleicht hat sie deswegen übersehen, dass ich trotzdem ein

Mann war. Kein großer, aber dennoch ein Mann. Eine Tochter hatte sie nicht. Manchmal habe ich mich gefragt, ob sie mich genau dafür hielt. Aber sie irrte sich.

Eine Tochter hätte sie womöglich verschwinden lassen, sagte Mauro. Vielleicht musste sie die einzige Frau bleiben. Abgesehen davon war sie natürlich selbst eine Tochter.

Glauben Sie, eine Tochter hätte ihr geholfen, die Abneigung gegen Frauen zu überwinden?, fragte Julia.

Sie hat die Frauen nicht gehasst, sagte David. Sie hatte Angst vor ihnen. Sie hat die Männer benutzt, um sich vor Frauen zu schützen.

Aber dann hätten diese Männer sie auch vor sich selbst beschützt, sagte Julia.

Mag sein, sagte David.

Viele Männer haben Angst vor Männern, sagte Mauro.

Aus gutem Grund, sagte Betsy. Ich glaube, in Gs Fall handelte es sich um eine Angst vor der Kaste. Sie hatte mit Frauen kein Problem, vor allem nicht mit den einflussreichen; aber sie wollte nicht als Frau gesehen werden, weder von anderen Frauen noch von irgendwem sonst.

Eben meinten Sie, sie habe nie geliebt, sagte Julia zu David. Sollte das heißen, sie hat die Gelegenheit verpasst, Frauen zu lieben?

Sie hätte sich selbst lieben können, antwortete David.

Bloß, dass sie diese Vorstellung verachtet hat, sagte Betsy.

Sie hielt es für eine Form von Schwäche, erklärte David. Sie fand, es würde sie von der Wirklichkeit ablenken. Gegen Ende wollte sie mich ständig um sich haben. Ich kam mir vor wie ein Betrüger. Sie pflegte immer zu sagen, mit mir käme sie zur Ruhe. Meine Passivität war erholsam für sie, aber sie bedeutete ihr nichts. Sie hatte überhaupt keine Bedeutung. Ich war immer der Meinung, sie hätte etwas Besseres finden können. Sie hatte schreckliche Träume, zum Schluss waren sie wirklich grauenvoll. Sie sprach oft darüber, weil sie sie nicht in Schach halten konnte. Sie träumte Widerliches über ihren Körper. Dass ihr Pflanzen oder Unkraut aus der Haut wuchsen, dass Fischschuppen ihre Beine bedeckten. Viele dieser Träume spielten in einer modrigen Unterwelt, in einer Art Hölle, wo sie bestraft oder bedroht wurde. Ihre Träume waren wie Abwasser. Ihre toten Eltern irrten darin herum wie Zombies, oder sie sah ihren toten Ehemann, wie er in dunklen Ecken sadistische Akte verübte. Sie schämte sich dafür, dass ihr Verstand solche Träume produzierte. Manchmal träumte sie, sie hätte Töchter. In diesen Träumen waren die Töchter nie zu Hause, sondern immer an anderen Orten, in fremden Städten oder unbekannten Häusern. Sie versuchten, irgendwo hinzugelangen, oder sie waren bedrohlichen Szenarien ausgesetzt. Oft versagte sie darin, die Kinder zu beschützen, oder sie hatte sie verloren und konnte nicht zu ihnen. Bei dem Versuch, sie wiederzufinden, wurde sie verrückt vor Angst und Schuldgefühlen. In einem dieser Träume warteten sie auf einen Zug, aber als er dann kam, konnten sie nicht einsteigen. Sie standen in einer riesigen, flachen Ebene im Nirgendwo. G entschied, dass sie zu Fuß gehen würden, und so liefen sie über schmale, von Autos befahrene Straßen bis an ihr Ziel, ein riesiges Haus voller leerer Zimmer, und überall waren seltsame Menschen, die sie täuschen oder ablenken wollten. Dass sie ihre Töchter verloren hatte, merkte sie erst am Morgen, als die Kinder sie wiederfanden. Sie weinten, und ihr Weinen war so frisch und klar, so wahrhaftig und lebendig, dass sie fast geplatzt wäre vor schmerzlicher Liebe. Sie weinten, und dann erzählten sie, dass ihr Vater sie die ganze Nacht hindurch vergewaltigt hatte. Entsetzt und außer sich machte sie sich auf die Suche nach dem Mann. Er lag schlafend in einem fremden Zimmer, sie weckte ihn auf. Er war aus allen Männern zusammengesetzt, die sie je gekannt hatte. Sie wollte wissen, ob es wahr sei, und nach einer Weile gab er es zu. An diesem Traum, sagte David, ist sie fast zerbrochen. Das Geständnis des Mannes, der Schmerz der Töchter, dazu ihr eigenes Versagen – sie glaubte, es nicht zu überleben. Wahrscheinlich habe ich sie jetzt verraten. Ich habe sie nie verraten, bis zu diesem Augenblick.

Dann lass es, sagte Betsy. Es würde dir nicht schaden, ein paar Geheimnisse zu bewahren. Das wäre gut für deinen Charakter.

Sie hat mir ihre Träume gegeben, ohne genug über mich zu wissen, sagte David. Ich weiß ja nicht einmal genug über mich selbst, um ihre Träume zu besitzen. Sie suchen mich heim. Ich weiß nicht, wohin damit.

Ein Witz auf deine Kosten, sagte Betsy. Einem Mann ihre Albträume aufzubürden, war womöglich ihr Abschiedsgeschenk an das männliche Geschlecht. Vielleicht lässt mich dieser Gedanke heute Nacht besser schlafen, sagte sie und griff nach ihrer Handtasche. Ich glaube, es ist an der Zeit, ein Taxi zu rufen. Hoffen wir, dass sie da draußen inzwischen fertig mit Aufräumen sind.

Ja, es ist spät, sagte Julia. Mauro, wir sollten nach der Rechnung fragen.

David erhob sich schwerfällig, dann half er Betsy beim Aufstehen. Sie hatte ihre Mühe, stützte sich auf seinen Arm und keuchte vor Anstrengung.

Geschafft, sagte sie triumphierend, als sie endlich auf den Beinen war. Ich verstehe nicht, sagte sie zu David, wie du noch gerade stehen kannst angesichts der Mengen, die du trinkst. Aber du bist stark wie ein Baum.

Wir hatten uns doch darauf geeinigt, dass das mein Schicksal ist, sagte David.

Tja dann, auf Wiedersehen, sagte Betsy, und alle standen auf, um sich zu verabschieden. Ich hoffe, es gibt eines. Wie sagt man hier? Einmal ist keinmal.

Langsam durchquerten sie den Hof. Betsy klammerte sich hinkend an Davids Arm, während er sehr gemächlich und aufrecht neben ihr ging. Mauro und Julia verschwanden mit der Kreditkarte der Direktorin im Restaurant, um die Rechnung zu bezahlen. An einigen Tischen saßen noch Leute. Die langgezogenen Schatten der Gäste und der Ziergehölze warfen fremdartige Silhouetten an die Hofmauern. Die Kellner hatten alles abgeräumt und die Decken von den Tischen gezogen. Aus der Restaurantküche war das gedämpfte Klappern von Tellern und Töpfen zu hören, ein rotes Licht am Himmel pulsierte schwach und geheimnisvoll. Wir warteten auf Mauro und Julia.

Der Spion

Vor Kurzem starb unsere Mutter, wenigstens starb ihr Körper, denn der Rest blieb hartnäckig am Leben. Zum Sterben ließ sie sich viel Zeit, und sie übertraf die Prognosen der Pflegerinnen um so viele Tage, dass wir, die an ihr Krankenbett gerufen worden waren, wieder abreisen und in unseren jeweiligen Alltag zurückkehren mussten.

Bei ihrem Tod weinte niemand, obwohl es während der Beisetzung zu einigen fassungslosen Tränenausbrüchen unter den Trauergästen kam, als hätten sie den Tod dabei überrascht, wie er das Leben bestiehlt. Die Gewalt der Situation offenbarte sich in der Ankunft des Sarges deutlicher als in der des Todes. Der Anblick des Sargs war schockierend, es kann wohl nicht anders sein, egal, ob ein Mensch sich so ungern von den Tatsachen einengen ließ wie unsere Mutter oder nicht. Der Leichnam im Sarg war eine absolute Tatsache. Unsere Mutter hatte ihrem Körper nie viel Beachtung geschenkt: Er war eine Hülle, mehr nicht. Doch wie sich herausstellte, verfügte er über eine absolute Autorität.

In der Zeit danach machte sich ein Gefühl der Leichtigkeit breit, fast der Freiheit. Die Gewalt des Todes präsentierte sich als seltsamer Akt der Großzügigkeit. Den Hinterbliebenen war eine beträchtliche Summe zurückerstattet worden, und sie, die immer noch auf der Seite des Lebens standen, fühlten sich in gewisser Hinsicht vergrößert. Trotzdem blieb ein stetig wachsendes Unbehagen, und dieses Unbehagen war das unzugängliche Vermächtnis unserer Mutter. Wir hätten uns nicht befreit fühlen sollen, sondern beraubt. Falls wir einen Verlust erlitten hatten, war es der Verlust von etwas, das wir nie besessen hatten. Wir waren schlichtweg vom Dilemma eines doppelten Verlusts befreit.

Dass wir bei der Beerdigung wenig gerührt schienen, blieb nicht unbemerkt. An dem Tag herrschte die gleiche extreme, nahezu beängstigende Hitze wie am Tag der Beerdigung von Meursaults Mutter zu Beginn von Camus' *L'Étranger*. Auch Meursaults Gleichgültigkeit war nicht unbemerkt geblieben; beim späteren Prozess und seiner Verurteilung als kaltblütiger Mörder wurde sie zum zentralen Beweisstück. War unsere Gleichgültigkeit wie die seine eine philosophische Anfechtung des Gesellschaftsvertrags? Liefen auch wir Gefahr, für die Nichteinhaltung kultureller und moralischer Normen verhaftet und verurteilt zu werden?

Monate später, in einem Hotel in einer Stadt im Norden, von dessen neunter Etage sich bei Tagesanbruch ein Ausblick von erstaunlicher Hässlichkeit bot, wurde uns klar, dass unsere Mutter uns auf eine Art und Weise begleitete, wie sie es zu Lebzeiten nie getan hatte. Weit unten huschten Menschen im kalten, grauen Morgen über den Beton. Ein heftiger Wind zerrte an Stromleitungen und unbelaubten Bäumen. Er rüttelte an den Aufstellern vor den Ladengeschäften, stieß Mülltonnen um und wirbelte den Inhalt in die Höhe.

Die Mutter des Filmemachers G kannte ihren Sohn nicht wirklich. Sein berühmt gewordener Name war in Wahrheit ein Pseudonym. Er hatte es sich zugelegt, damit sie nicht herausfand, was er beruflich machte. Zeit ihres Lebens hatte sie nichts von seiner illustren Karriere gewusst, und selbst nach ihrem Tod hielt er an seinem Alias und der damit verbundenen Heimlichtuerei und dem Versteckspielen fest, weil sie ihm zur Gewohnheit geworden waren.

Seine Filme waren naturalistisch und poetisch, und womöglich hätte seine Mutter nicht viel daran auszusetzen gehabt; doch in der Rolle seiner selbst hätte er diese Filme niemals drehen können. Das Ungewöhnlichste an seinen Werken war vielleicht, dass seine Handschrift immer und auf Anhieb erkennbar war. Sein unaufdringlicher Stil zog Aufmerksamkeit auf sich, ohne es zu wollen. Beispielsweise zeigte er seine Figuren nur selten in Großaufnahme, war er doch der Meinung, dass Menschen einander nie auf diese Weise sehen. Seine Filme folgten keiner bestimmten Ästhetik. Sie spielten oft an öffentlichen Orten, und dass sie beobachtet wurden, schienen seine Figuren kaum zu bemerken. Sie trugen gewöhnliche Kleidung und blickten nur selten in die Kamera, denn sie waren ganz in ihr Leben vertieft.

Für jene, die es gewohnt waren, dass die Kamera mit der Autorität ihres neugierigen Blicks gesellschaftliche und körperliche Grenzen verletzt, war die Abwesenheit dessen, was man Führung nennen könnte, in Gs Filmen deutlich spürbar. Viele Leute reagierten mit Ratlosigkeit oder gar Wut. Von einem Geschichtenerzähler erwarteten sie, dass er seine Kunstfertigkeit und Kontrolle bewies, indem er die verwirrende Uneindeutigkeit der Wirklichkeit auflöste, statt sie noch zu vertiefen. Die radikaleren unter Gs Zeitgenossen konnten sich immerhin durch Kühnheit und Gewissheit ihrer künstlerischen Vision Respekt verschaffen.

Gs Eltern lebten in einem großen Haus in einer bürgerlich geprägten, ländlichen Gegend, in der G auch seine Kindheit verbracht hatte. Er war das älteste von vier Geschwistern, eine Position, in der ein Kind den elterlichen Gewohnheiten und Überzeugungen in einem Höchstmaß ausgesetzt ist. Wie die Galionsfigur am Bug eines Schiffes bekam G die Wucht ihres jeweiligen Charakters unmittelbar zu spüren, und sein jugendlicher Schwung trug zu einem latenten Klima der Gewalt bei. Diese Gewalt war eher gesellschaftlicher als persönlicher Natur, denn seine Eltern waren ebenso strenggläubige wie konventionelle Menschen. Später sah er sich selbst als eine Art Tür zwischen ihnen und der gesamten Vorstellung eines Innenlebens; zu entdecken, dass diese Tür geschlossen bleiben konnte, war für ihn ebenso entlastend wie schicksalhaft. Seine Geschwister nutzten die von ihm errichtete Barriere und befreiten sich von gewissen Hemmungen und Zwängen. Später berichteten sie, das elterliche Regime habe sie stark beschädigt; dass sie so eine Behauptung aufstellen konnten, unterschied sie von G.

G verließ die Stadt, sobald er konnte. Er zog fort, studierte und fand in einer anderen Gegend eine Anstellung als Lehrer. Er hatte erwartet, bei den Kindern auf Sympathie zu stoßen. Seine Jugend schien ihn für die Arbeit in diesem Bereich zu qualifizieren, schließlich hatte sie ihn zum Experten gemacht. Den Ehrgeiz, ein Schriftsteller zu sein, hegte er schon so lange, dass er ihm inzwischen zum Grundsatz geworden war, und zu unterrichten erschien ihm gut mit diesem Ziel vereinbar. Doch in Wahrheit hätte es für ihn kein größeres Hindernis geben können, als Kinder erziehen und kontrollieren zu müssen. Eines Tages gab er seinen Beruf einfach auf. Er erzählte niemandem davon außer seinem Bruder, und so lebten seine Eltern noch jahrelang in dem Glauben, er sei Lehrer.

Der Bruder wohnte inzwischen in der Stadt und hatte sich in den dortigen akademischen und philosophischen Kreisen einen Namen gemacht. G kam bei ihm unter. Zusammen besuchten sie Cafés, Restaurants und Jazzclubs, wo G die Freunde und Kollegen seines Bruders kennenlernte, intelligente junge Männer, die mit der Sprache spielten wie unermüdliche Sportler. Der Sport bestand darin, sich eine Regel auszusuchen, die seit jeher als Stützpfeiler der Wirklichkeit fungiert, und sie dann zu zerlegen. Für gewöhnlich stürzte die Wirklichkeit nicht sofort ein, doch die Wahrnehmung ihrer Festigkeit und Vertrautheit wurde verändert. Begriffsstutzig vor Unschuld und verblendet von einer lebenslangen Heuchelei vor Autoritäten erkannte G nur allmählich, dass diese Männer und auch sein Bruder homosexuell waren. Sein Bruder sprach offen und mit einer gewissen Zwanghaftigkeit über die Entbehrungen seiner Jugend, über die Deformierung von Körper und Geist, wie sie Menschen erleiden, die ihre wahre Natur verbergen müssen. Er verfasste philosophische Artikel, in denen er sich für die sexuelle Befreiung von Kindern aussprach, und veröffentlichte sie unter seinem echten Namen. G thematisierte diese Artikel nie, im Beisein der Freunde seines Bruders gab er sich still. Er merkte, dass er sich vor dem Umsturz der Konventionen so drückte, wie er sich früher vor ihrer Durchsetzung gedrückt hatte. Trotzdem beschloss er, nicht an seinen letzten Wohnort zurückzukehren, und suchte sich ein eigenes Apartment in der Stadt. Zum ersten Mal überhaupt lebte er allein; er sah tagelang aus dem Fenster, betrachtete die Dächer und den Himmel und fragte sich, was er nun anfangen sollte.

Von unserem Fenster aus sieht man Dächer, den Himmel und andere Fenster, die zu Wohnungen im Obergeschoss gehören und deren Winkel vom Verlauf der darunterliegenden Straßen festgelegt wurde. Die Leere zwischen den Gebäuden folgt demselben Muster. Diese höhergelegte Welt mit ihren Straßen aus Luft scheint die hier oben lebenden Menschen in ein anderes Element zu versetzen; die Fenster fungieren wie eine Linse, durch die sie zu etwas Figürlichem werden. Das Mansardendach des gegenüberliegenden Hauses hat ein kleines, rundes Fenster, und manchmal erscheint darin das Gesicht eines kleinen Mädchens. Wenn es merkt, dass es beobachtet wird, winkt es herüber wie von einem Schiff zum anderen. Oft öffnen die Nachbarn ein Fenster und lehnen sich hinaus, um einen Blick auf die Straße zu werfen. Weil sie während ihrer Beobachtung beobachtet werden, scheint das Licht der Wahrnehmung sie doppelt zu treffen. Bei Sonnenaufgang betritt ein Mann mit um die Hüfte geschlungenem Handtuch den Balkon jenseits der morgendlich stillen Leere, um zu rauchen. Er ist jung, seine Brust schimmert wie Bronze. Während die Fenster in seinem Rücken das rosa Licht reflektieren, zündet er sich eine Zigarette an und schaut aufs Handy, und in diesem Moment erscheint seine Freiheit grenzenlos.

Abends, bei eingeschalteter Beleuchtung, werden die Szenen, die sich hoch oben in den Fenstern abspielen, von der Leere eingerahmt wie Gemälde. Sie zeigen Leute in Zimmern, zusammen oder allein, die durch die Glasscheiben und durch den Raum hindurch von einem Auge betrachtet werden, das größer und allgegenwärtiger ist als das eines Menschen, das Auge einer Gottheit vielleicht oder eines Tieres oder Kindes. Die Gestalten in den Fenstern wirken dramatisch; während der wiederholten Aufführung ihres Alltags existieren sie scheinbar außerhalb der Zeit. Die Aussicht aus unserem Fenster ist nicht deshalb dramatisch, weil die Leute sich bewusst inszenieren würden, sondern, weil die Wahrnehmung selbst – eine reine Wahrnehmung, die weder Interaktion noch Subjektivität voraussetzt – das Pathos ihrer Identität offenbart.

Hilft es den Menschen, wenn sie gesehen werden, und sei es ohne ihr Wissen? Eine Mutter wird ständig von ihren Kindern gesehen, unabhängig davon, ob sie ihnen eine eigene Perspektive zugesteht oder nicht. Von Beginn an sammeln sie Bilder von ihr und ihrem Körper, aus allen Winkeln und in all seinen Haltungen und Stimmungen. Ihr Körper ist der vertraute Startpunkt, von dem aus sie das Unbekannte erforschen. Ihre Mutter sehen sie vor allem dann, wenn sie ihnen keine Aufmerksamkeit schenkt, denn sobald ihre Aufmerksamkeit sich einstellt, hat es so erschütternde Folgen, als würde ein Schauspieler sich plötzlich umdrehen und jemanden im Publikum ansprechen. Die Kinder sehen sie, wenn sie sich trotz ihrer Anwesenheit allein glaubt. Diese von ihr hervorgebrachten Augenzeugen können sie durch unabhängige Beobachtung erschrecken oder verärgern. Anders als erwartet sind sie keine Erweiterung ihres Willens und ihres Bewusstseins. Auf diese Weise teilen sie ihr mit, dass sie das Wissen über sie nicht kontrollieren kann und nicht einmal sich selbst zur Gänze kennt. Die Kinder wissen mehr über die Mutter als umgekehrt, weil die Kinder noch nicht vollständig zu sich selbst herangewachsen sind. Dennoch verfügt die Mutter über eine unbegrenzte Macht, sie zu verletzen.

Die vielen Schwangerschaften, das Übergewicht und der Mangel an Bewegung haben sie stetig entkräftet. Anscheinend hat sie die Entkräftung gewollt und begrüßt; vielleicht bot sie ihr eine Möglichkeit, die Aufmerksamkeit auf das Schlachtfeld namens Körper zu lenken. Ihre dominante Persönlichkeit war in eine ultimative Entmachtung eingehüllt. Sie bot ihr Fleisch dar, wie andere Menschen ihre Schönheit dargeboten hätten. Das Fleisch war ein Ergebnis, das Resultat von allem, was ihrem Körper im Laufe des Lebens angetan worden war, sei es von ihr oder von anderen. Ihre Form ging unwiederbringlich verloren, Jahr um Jahr, und ihre Formlosigkeit forderte alle Vorstellungen von Form und Konformität heraus. Sie entdeckte, dass sie ihre Nicht-Konformität nutzen und darüber kontrollieren konnte, was andere von ihr erwarteten oder selbst zu erledigen im Stande waren. In der Hinsicht war ihre Formlosigkeit die aktive Gegenspielerin ihrer Schönheit. Als sie schön gewesen war, hatte sie unterm Strich weitaus weniger Erfolg gehabt. In der Formlosigkeit fand sie Macht und auch Freiheit von Einschränkungen.

Sie beanspruchte alle möglichen Krankheiten für sich, ließ sich grundlos operieren und nahm alle Medikamente, die die Ärzte ihr verschrieben; sie bestand auf der Anschaffung eines Rollstuhls, und zuletzt weigerte sie sich ganz zu gehen. Als sie behauptete, sie habe Krebs, glaubte ihr niemand, vielleicht nicht einmal sie selbst. Doch eines Tages wurde die Diagnose bestätigt. Ein Arzt eröffnete ihr, sie werde in Kürze sterben. Zunächst nahm sie die Nachricht auf, als wäre ihr Wunschtraum von Aufmerksamkeit und Wichtigkeit erfüllt worden oder als hätte man ihr endlich die Hauptrolle angeboten, für die sie ihrer Ansicht nach immer bestimmt gewesen war. Aber die lange aufgeschobene, durch unzählige Tricks und Behauptungen vermiedene Begegnung mit der Wirklichkeit war am Ende nur schwer anzuerkennen. Sie verwechselte den Tod mit einem Kompliment, und als sie schließlich begriff, dass dieser dunkle Fremde kein Prinz war, sondern ein Mörder, gab es für sie kein Entkommen mehr. Sie versuchte, wieder zu laufen; uns erreichte die Nachricht, sie sei nach all den Jahren der freiwilligen Lähmung bemüht, aus dem Rollstuhl aufzustehen und zu gehen. Sie glaubte offenbar, sie könnte das Spiel einfach beenden, die Verstellung aufgeben, ihren Willen umkehren und in der Wirklichkeit Zuflucht finden. Aber für sie gab es keine Wirklichkeit mehr, denn sie hatte den Vertrag damit vor langer Zeit aufgekündigt. In ihrem Streben nach Grenzenlosigkeit hatte sie zugelassen, dass die Wirklichkeit um sie herum verfiel.

Einige Wochen nach ihrem Tod trat sie in unseren Traum und lief darin herum, anscheinend ohne es zu merken und ohne zu wissen, wo sie sich befand. Sie glich einer riesigen Puppe, einer aufgeblasenen, unbekleideten Gestalt, die sich wie in Trance und mit roboterhaften Schritten fortbewegte. Die Menschen in dem Traum traten beiseite, um sie durchzulassen. Sie nahm nichts und niemanden wahr, lief mechanisch weiter und verließ den Traum so nackt, wie sie hereingekommen war, als wäre es ihr Schicksal, auf diese monströse Weise immer weiterzulaufen, bis in alle Ewigkeit. Als sie an uns vorbeikam, erkannte sie uns nicht. Wir sahen ihr Gesicht und spürten einen Ruck der Bestürzung und des Mitleids. Es war ihr wahres Gesicht, das wir nie gesehen, aber seit unserer Kindheit erahnt und uns vorgestellt hatten. Der Ausdruck darin verriet unaussprechliches Unglück.

Nun, da er in der Stadt manchmal tagelang allein war, schrieb G einen Roman. Er schilderte darin einen Sommer im Leben junger Menschen in einer bürgerlichen Kleinstadt in der Provinz. Die jungen Leute waren gelähmt von der Unverbundenheit ihres Innenlebens mit der Außenwelt und von der Schwierigkeit, das Authentische in den eigenen Gefühlen zu finden. Sie lebten in komfortabel eingerichteten Häusern und vertrieben sich die Zeit mit sommerlichen Unternehmungen, doch der Kontakt mit der moralischen und natürlichen Schönheit der Welt ließ ihre Versuche, sich aufeinander zu beziehen, umso hässlicher und falscher erscheinen. Den Paarungsinstinkt mit seinen Flirts und Ellipsen und der Orientierung an romantischer Liebe empfanden sie als künstlich und einschränkend. Trotzdem war es genau diese Vermählung von Narrativ und Instinkt, die sie letztendlich zu gesellschaftlicher Konformität trieb. Die jugendliche Wahrhaftigkeit ihrer Empfindungen und ihre Verbindung zu Natur und Spiritualität sollten ihnen abhandenkommen.

Der Roman wurde von einem Verlag gekauft und erschien unter einem Decknamen. G hatte sich den Namen während des Schreibens ausgedacht, weil ihm klar geworden war, dass er als er selbst nicht frei schreiben konnte. Die Aussicht, mit dem eigenen Handeln identifiziert zu werden, stürzte ihn in dasselbe Dilemma wie seine Figuren: Verlust einer inneren Wahrheit durch Konstruktion einer äußeren Identität. Zudem fühlte er sich beschämt und gehemmt bei der Vorstellung, die Menschen in seinem Leben – vor allem seine Eltern – könnten einen ungehinderten Zugang zu seinem Innersten bekommen. Allein der Gedanke war ihm unerträglich.

Die Verwendung eines Pseudonyms war zweifellos feige. Sein Bruder hingegen schien die offene Auseinandersetzung mit ihrer Kindheit und mit konservativen Werten noch zu genießen. Warum sollten Familien von der Wirklichkeit, die in Gestalt der Kinder hereinbricht, verschont bleiben? Die Haltung zu Autorität und den sie verkörpernden Institutionen veränderte sich. Der Bruder war von einer der renommiertesten Universitäten der Stadt zum Professor ernannt worden. Niemand konnte ihm vorschreiben, was er denken durfte und was nicht. Die Frage nach der Verantwortung, die sich G stellte, schien der Bruder zu ignorieren. Herauszufordern und zuzumuten bedeutete gleichzeitig, Verantwortung zu übernehmen. Gs Furcht davor, zuzumuten und anzutun, kam einer ästhetischen und moralischen Auflehnung gegen die Kausalitäten gleich. Die Verwendung eines Pseudonyms erschien ihm wie ein krimineller Luxus, ja fast wie eine Form des Betrugs. Seine Identität zu verbergen bedeutete, sich von der Welt zu bedienen, ohne den Preis der Selbstoffenbarung zu zahlen. Als sein Roman keine Aufmerksamkeit erregte, fragte er sich, ob es die Strafe für ebendieses Verbrechen war.

In der Stadt lernte er Künstler, Schriftsteller und Filmemacher kennen. Die jungen Menschen waren von der Dynamik erfasst, die moderne Kultur umzugestalten. Wie sein Bruder wollten sie sich mit der Konformität anlegen, nur dass es in ihrem Fall darum ging, das Verhältnis zwischen Kunst und Wirklichkeit neu zu definieren. Einige waren auf dem besten Weg, berühmt zu werden, und G konnte zuschauen, wie ihre Identität sich untrennbar mit ihrem Werk verschränkte. Brachten sie etwas Neues heraus, wurde es mit dem verglichen, was sie zuletzt produziert hatten. Auf dieser Grundlage wurde das Neue gelobt oder kritisiert. Eine Vertrautheit hatte sich etabliert, eine Form von Inbesitznahme, die ein Urteil erlaubte. Warum war es unmöglich, ohne Identität etwas zu erschaffen? Warum musste eine Arbeit, die doch das Produkt geteilter Erfahrung und Geschichte war, einer bestimmten Person zugeschrieben werden? Der Erfolg machte einige seiner Freunde mutiger und arroganter. Ihre Stimmen wurden lauter, ihre Ansichten und Überzeugungen gewissermaßen taub. Wenn G sie beobachtete, beschlich ihn ein seltsames Gefühl der Isolation, als könnte nur er hören und sehen. Indem sie ganz sie selbst waren und dieses Selbst verteidigten, verschleierten sie die Welt mit ihrer Subjektivität. Langsam verstand G, dass seine Geübtheit in Verstellung ihm eine seltene Beobachtungsgabe eingetragen hatte. Der Spion sieht klarer und unvoreingenommener als andere, weil er sich von einem Bedürfnis befreit hat; dem Bedürfnis des Selbst, sich durch Erfahrungen zu konstruieren und daran teilzuhaben.

Unterdessen hatten G und einige andere eine Zeitschrift gegründet, für die er – unter einem weiteren Pseudonym – Filmkritiken schrieb. Dass seine Eltern jemals von den Kritiken erfahren würden, war unwahrscheinlich, trotzdem glaubte er, dass sie nicht damit einverstanden gewesen wären. Wie sein Bruder versuchte er, das Selbst zu heilen, indem er nach den eigentlichen Ursachen für dessen Unglück forschte, nur eben mit einem gegenteiligen Ansatz. In dieser Hinsicht strebte er nach absoluter Autonomie. Dennoch hatte sein Versteckspiel wenig mit Liebe oder Freiheit zu tun. Es hatte vielmehr etwas Theatralisches, nahezu Gottgleiches. Dass er die Macht der Verstörung beherrschte, war ein Resultat der gewohnheitsmäßigen Täuschung oder der Notwendigkeit zu täuschen, und ebenso demütig wie göttlich. Der demütige Gott, der auf Gewalt verzichtet und gewillt ist, die Dinge in ihrem jeweiligen Zustand zu erhalten, war ein Gott, den er anerkennen wollte. Im Zuge der Erhaltung musste die unabhängige Identität vom Thron gestoßen werden. Sein Mittel der Selbstdarstellung war die Unsichtbarkeit, auch wenn sie ihm bisher nicht viel mehr eingetragen hatte, als sein Werk dem Vergessen anheimzugeben. Aber solange er unsichtbar blieb, war er frei.

Nach einer Weile zogen seine Kritiken durch ihre strikte Vermeidung des Wortes »ich« Aufmerksamkeit auf sich. Die Erinnerung an seinen Roman war ihm peinlich; seine Vorstellung vom Schreiben geriet ins Wanken. Mehr als alle anderen Künste widersetzte die Literatur sich der Abspaltung vom Ich. Ein Roman war eine Stimme, und eine Stimme musste jemandem gehören. Der kollektive Sprachgebrauch wollte alles erklären; jede Aussage, selbst die einfachste, war eine Funktion der Persönlichkeit. G erinnerte sich, wie bloßgestellt er sich in seiner Kindheit vorgekommen war, wenn seine Mutter ein stetiges Panorama von Ursache und Wirkung um ihn herum errichtete. Er wurde mit allem, was er tat und sagte, öffentlich gleichgesetzt, und auch mit dem, was er nicht tat und nicht sagte. Offenbar war das Schreiben eine drastische Vergrößerung derselben Zwangslage.

Er schrieb einen Band mit Erzählungen, in seinen Augen kleine Fabeln für moderne Zeiten. Sie stellten gewöhnliche Menschen in Momenten eines ganz persönlichen Dilemmas dar und enthüllten – in seinen Augen – die schlichte Schönheit des Selbst, wenn es mit dem Problem der Wahrheit konfrontiert wird. Statt seine Figuren zu lenken, beobachtete er sie, ohne einzugreifen, ganz wie der demütige Gott. Sein Blick war liebevoll und erfasste das Gute in ihnen ebenso wie das Schlechte. Er inszenierte keine Dramen. Er zwang ihnen nichts auf, waren sie doch schon vom Leben allein überfordert. Wie er feststellte, war alles, was ihnen widerfuhr und was sie entschieden, auf eine einzigartige Weise mit ihnen verbunden, nicht durch äußere Faktoren, sondern durch etwas viel Feineres und Filigraneres, das sie in sich trugen wie einen Kompass. Er war fähig, die kleinsten Ausschläge dieser Kompasse wahrzunehmen. Sein Verleger lehnte die Erzählungen ab. Was ist los mit Ihnen?, fragte er entnervt, als G in seinem Büro stand. Anfangs waren Sie so modern, aber jetzt sind Sie ins vergangene Jahrhundert zurückgefallen!

Nach der Beerdigung kehrten wir in den Alltag zurück, als wäre nichts geschehen. Es fühlte sich an, als habe etwas aufgehört und etwas Neues begonnen, aber keiner der beiden Zustände war klar definiert. Es handelte sich um leere Räume ohne Inhalt und ohne Sprache. Es fühlte sich an, als sollten sie eigentlich übervoll sein mit Wissen darüber, was zu haben und zu verlieren bedeutet. Manchmal hatten wir den plötzlichen Eindruck, wir wären allein auf der Welt, aber wie konnte das sein? Falls es stimmte, waren wir immer allein gewesen.

Sie mochte uns am liebsten, als wir kleine Kinder waren und unser Wille und unser Charakter noch nicht angefangen hatten, ihrem Willen und ihrem Charakter in die Quere zu kommen. Einmal hatte sie gesagt, eigentlich habe sie nichts so gemocht, wie schwanger zu sein. Während der Schwangerschaften hatte sie Aufmerksamkeit für etwas bekommen, das bislang nichts weiter war als ein anschwellendes Rätsel und das den Vorteil hatte, sie aus den Anforderungen und Verpflichtungen der Normalität zu entlassen. Vielleicht hatte diese reizvolle, einem zinslosen Kredit gleichende Aussicht sie dazu verleitet, immer wieder in den Zustand zurückzukehren, und das, obwohl – oder gerade weil – ihr die Nachteile vor Augen standen. Möglicherweise hatte sie während der Schwangerschaft, nie ein Dauerzustand, herausgefunden, dass ihr die Wirklichkeit mitsamt ihrer Logik nicht gefiel. Schwangerschaft war eine umgekehrte Art von Urhebertum: Die zeitweise Aufhebung der Ungläubigkeit erfolgt noch vor dem Anfang der Geschichte, während die eigentliche Arbeit erst nach der Veröffentlichung beginnt. Ja, sie erschuf, aber wie sich herausstellte, war ihre Schöpfung anstrengend. Sie ließ ihr keine Ruhe und widersetzte sich ihren Anweisungen, und vor allem war sie nicht mehr zu beenden. Die Schwangerschaft endete mit dem Drama der Geburt, die Liebe im Spektakel der Ehe, nur wir hörten niemals auf, nicht einmal durch eigene Eheschließungen und Entbindungen.

Sie wollte, dass wir fertig wurden, aber wir wurden niemals fertig. Wir existierten weiterhin und machten die Ordnung der Dinge zunichte. Unsere Existenz trug uns

Ärger ein. Ungehorsam und Widerrede erregten schnell ihren Zorn. Keiner unserer Fehler wurde vergessen, und so belastete uns der eigene, uns anscheinend aufgezwungene Charakter umso mehr, je älter wir wurden. Was sie sich für uns vorstellte, war unbequem und schien uns nicht zu passen. Wir schämten uns für die Geschichten, die sie für uns entwarf, und auch für die Rollen, die sie uns zugewiesen hatte. Wir merkten, dass ihre Geschichten nur funktionierten, wenn man es mit der Wahrheit nicht so genau nahm. Das seltsame Befreiungsgefühl nach ihrem Tod war eigentlich unsere Befreiung von den Geschichten. Aber warum hatte sie sie erfunden?

Als wir älter waren und anfingen, ihre Darstellung unseres Lebens zu hinterfragen, tat sie etwas Ungewöhnliches: Sie erfand neue Geschichten, die in einer Zeit vor unserer Geburt spielten. Auf dieselbe Strategie greifen Diktatoren zurück, wenn sie die Geschichte umschreiben wollen. War sie eine Diktatorin? Ihre Erzählungen kreisten um sie und um das Leben, das sie vor der Begegnung mit unserem Vater geführt hatte. Ihre Angaben durch simple Datumsberechnungen zu widerlegen, war ein Leichtes, aber wie sich herausstellte, steigerte es nur ihre Macht, uns in den Wahnsinn zu treiben. In einer dieser Geschichten gab es einen Verehrer vor unserem Vater. Im Gegensatz zu unserem Vater war der Verehrer reich, adlig und charmant, er pflegte Verbindungen zur besseren Gesellschaft und wollte sie unbedingt heiraten, doch seine Eltern waren dagegen und schickten ihn für ein Jahr in die Kolonien. Er versprach, zu schreiben, aber kein Brief kam. Ein ganzes Jahr lang wartete sie sehnsüchtig auf eine Nachricht von ihm. Eines Tages suchte sie im Zimmer ihrer Schwester nach einer bestimmten Bluse – ihre Schwester bediente sich ständig an ihrem Kleiderschrank –, und da fand sie unter dem Bett einen Schuhkarton voller Briefe. Ihre eifersüchtige Schwester hatte monatelang dem Postboten aufgelauert und die Briefe abgefangen, die wie versprochen eingetroffen waren, Woche um Woche. Im letzten Brief schrieb er, er habe nie eine Antwort von ihr erhalten und gebe die Hoffnung nun auf.

Eine andere Geschichte – genaugenommen war es eine Serie – handelte von ihrer Zeit als Assistentin eines wohlhabenden *homme du monde*, der mit seiner Clique aus damals gefeierten Künstlern und Intellektuellen die mondänsten Treffpunkte Europas bereiste. Ihr Vorrat an diesen Geschichten schien unerschöpflich. Wie sie merkte, konnte sie durch diesen Mann für sich in Anspruch nehmen, alle möglichen Menschen und Orte zu kennen und die kulturellen Schlüsselmomente jener Epoche persönlich erlebt zu haben. Als sie sich in diesen Kreisen bewegte, entdeckte sie ihr künstlerisches Talent und schrieb sich, ermutigt durch ihren Arbeitgeber, an der Chelsea School of Art ein. In späteren Versionen wurde daraus die Slade School of Fine Art, weil sie gemerkt hatte, dass die Chelsea weniger renommiert war. Sie ging nie so weit zu behaupten, unser Vater hätte ihren romantischen und künstlerischen Ambitionen ein Ende gesetzt, aber kurz vor ihrem Tod sagte sie ihm, sie hasse ihn.

In unserem Körper lebten wir wie in einem ständigen Ausnahmezustand. Wir verschlissen ihn bei dem Versuch, ihn entweder zu befriedigen oder zu ermüden. Uns in Schlaf oder Lust zu verlieren, gelang uns nie. Wir blieben schlaflos und wachsam. Wir wussten immer, wie spät es war. Ständig versuchten wir, irgendwelche Lücken zu stopfen und zu schließen, bis uns allmählich klar wurde, dass sie der Ursprung war, dass sie diese unüberwindliche Distanz zu uns selbst erst erzeugt hatte. Oder vielleicht war es die Lücke zwischen ihrem Körper und unserem, die uns so quälte.

Wir hatten nie versucht, dieser Lücke durch Sprache oder durch Schweigen beizukommen. Beide erschienen irrelevant und hatten nichts damit zu tun. In Wahrheit gehörten sie ihr, und sie benutzte sie als Werkzeuge des Terrors. Der Tod ihres Körpers versprach beiden Befreiung. Es war merkwürdig, sich zu überlegen, dass wir uns, obwohl die Lücke in unserem Körper weiter klaffen würde, fortan der Sprache und des Schweigens bedienen könnten. Schweigen hatten wir immer nur als Aggression erfahren und Sprache als den Versuch, Urteile zu fällen und Kontrolle auszuüben. Ihr Schweigen hatte in uns die Panik der Verlassenen ausgelöst, und ihre Sprache war das Böse gewesen, das die Wirklichkeit destabilisierte. Vielleicht könnte beides eines Tages wieder unschuldig sein. Was würden wir sagen oder nicht sagen, nun, da ihr Körper nicht mehr existierte?

Für uns war die Liebe jahrelang ein Geheimnis geblieben, und statt zu lieben, hatten wir uns im Verstecken geübt. Unsere Interessen und Wünsche mussten wir verbergen. Wir ahnten nicht, dass das Element Liebe draußen in der Welt alles umgab, was uns zur freien Verfügung stand. Wenn sie uns angeboten wurde, lehnten wir ab. Menschen, die in Liebe lebten, die gaben und dafür keine Gegenleistung erwarteten, machten uns misstrauisch. Wenn wir den erschreckenden Gesichtern der Wirklichkeit begegneten – Leid, Ungerechtigkeit, Schmerz und Verlust –, fragten wir uns tief in unserem Herzen, wie wir sie überhaupt ertragen sollten. Unser Bankrott in Sachen Liebe nahm uns die Fähigkeit, sie zu ertragen. Gleichzeitig blieben sie und auch wir von dieser Art Gerechtigkeit weitgehend verschont. Nie klopfte das Unglück bei ihr an und verlangte seinen Tribut. Sie erlebte keine Katastrophen. Die Realität versetzte ihr keine Dämpfer, was sie in ihrer Irrealität noch bestärkte. Das Leid der anderen passte ihr nicht und erregte ihren Argwohn, denn es lenkte von ihr ab. Forschergeist missfiel ihr. Freiheit missfiel ihr – eine Abneigung, die sie an uns weitergab. Ihr missfiel alles, was ihre Subjektivität bedrohte. Mehr als alles andere verachtete sie die Wahrheit; sie verhöhnte und täuschte sie und lachte ihr ins Gesicht, aber gegen Ende, als der Tod kam und an ihrem Bett wartete, reagierte die Wahrheit doch noch und verteidigte sich.

G bekam eine alte Filmkamera geschenkt, und als er durch das Objektiv sah, erkannte er darin sein Zuhause. Die körperlose Wahrnehmung, eigentlich eine Illusion, bot ihm endlich eine Zuflucht. Wenn er hinter der Kamera stand, hielt er sich für unsichtbar.

Er hatte jahrelang Filme gesehen und rezensiert, was ihm nun eine nervöse Art von Autonomie verlieh. Er wusste, wie andere Regisseure gearbeitet hatten, immer noch arbeiteten und in Zukunft arbeiten würden. Er war mit der brutalen Herrlichkeit von Höchstleistungen vertraut, mit dem bahnbrechenden Spektakel der Genies in dieser neuen und auf gewaltsame Weise bedeutenden Kunstform, in der sich persönliche Visionen mit öffentlicher Wirkmacht entfalteten. Er wusste, dass sie für Veränderung stand, aber Veränderung interessierte ihn kein bisschen. Er interessierte sich für die Trümmer, die auf dem Weg der stürmischen Veränderung zurückbleiben.

Seine Bücher waren Misserfolge, verschafften ihm aber trotzdem eine gewisse stille Autorität, denn die Verfechter der Veränderung – die brutalen Genies – waren durchaus empfänglich für den Gedanken, in ihrer Mitte könnte sich ein Seher befinden. Diese einflussreichen Leute waren erstaunlich offen für das, was G zu sagen hatte. Sie wollten seine Zustimmung, während sie seine Meinungen, die nicht den Meinungen der Mehrheit entsprachen, vollkommen ignorierten. Mit seiner nüchternen, fadenscheinigen Vision vom Leben stellte er für sie keine Bedrohung dar, gleichzeitig erkannten sie seine besondere Verbindung zur Wahrheit.

Sein erster Regieversuch geriet zur Katastrophe. Er hatte sich nicht auf die praktische Komplexität des Ganzen vorbereitet, auf die Langeweile und die ausufernden technischen Anforderungen. Er verärgerte Menschen, auf deren Hilfe er angewiesen war, Filmcrews und Techniker, deren Bedeutung er in seiner Arroganz nicht erkannt hatte. Er war zu gleichen Teilen kontrollierend und inkompetent. Einmal schaffte er es nicht, den für einen bestimmten Tag vorgesehenen Drehort zu finden, so dass alle auf ihn warten und die im Drehplan vermerkten Stunden absitzen mussten. Schreiben, dieses bescheidene Verfahren zur Visionsübertragung, war vergleichsweise einfach gewesen und unermesslich weit entfernt von diesem fremdartigen und umständlichen Aufzeichnungsprozess. Er schien gegen die Schwerkraft zu verlaufen – so viele Menschen und Gerätschaften, so viel Geld war nötig, um ein Konzept abheben zu lassen. Alles daran widersprach Gs Wesen und seiner Lebensauffassung. Es mangelte ihm an Verständnis für die organisatorischen Grundlagen und die Abhängigkeit von Zeit und Ort. Er wollte nicht akzeptieren, dass es keinen Raum für Tagträume, Risiken und Geiz gab. Das leuchtende Versprechen der unsichtbaren Urheberschaft war einer monströsen Verwaltungsaufgabe gewichen.

Dennoch kehrte er nicht zum Schreiben zurück. Er musste sich eingestehen, dass allein in einem Zimmer zu sitzen das Letzte war, was er wollte. Eigentlich hatte er immer davon geträumt, aber er schaffte es nicht – ein doppeltes Scheitern. Was wollte er zeigen? Welche zwingende Vision, die das Schreiben nicht ansatzweise erfassen konnte? Das Schreiben war eine zu krasse Aussage an sich, zu ausgestaltet für seine Vision. Der Schriftsteller schreibt über das, was er bereits kennt und was laut seiner Entscheidung existiert. Gleichzeitig gibt er vor, nichts zu kennen und nichts entschieden zu haben. Er verkauft die Illusion an ein Publikum, das sich an der Fantasiearbeit beteiligt. Gs Konzept beschrieb das Gegenteil. Was das Wissen betraf, wollte er unschuldig sein. Er wollte einfach nur aufzeichnen.

Eines Tages traf ihn völlig anlasslos eine Erkenntnis: Ausgerechnet das, was er am Filmemachen so hasste und wogegen er sich sträubte – die langweilige Praxis –, war der Schlüssel zu seiner Vision. Seine fromme Erziehung hatte ihn misstrauisch gemacht, was Leid und göttliches Eingreifen betraf. Aber je länger er darüber nachdachte, desto klarer wurde ihm, dass man Erlösung nicht erlangte, indem man etwas möglichst Schwieriges tat. Nein, er würde Erlösung darin finden, dass er Verantwortung übernahm – etwas, das er bislang vermieden hatte. Andere Menschen fanden Erlösung darin, Kinder zu bekommen und zu versorgen. In gewisser Hinsicht war es ein ähnlicher Vorstoß in die Mechanik des Wirklichen; verglichen damit erschien die Vorstellung, allein in einem Zimmer zu sitzen und ein Buch zu schreiben, ziemlich blass. Für einen Schriftsteller war es leicht, sich hinter einem Pseudonym zu verstecken, doch anonym in die Welt hinauszugehen und ihre Wirklichkeit aufzuzeichnen, erwies sich als enorm schwierig.

Dass Schauspieler so taten, als gäbe es keine Kamera und kein Publikum, faszinierte ihn. Auf ähnliche Weise taten die Menschen so, als gäbe es keinen Gott. Das Gefühl, gesehen zu werden, war für die Bildung zivilisierter Normen von fundamentaler Bedeutung, und zwar in einem solchen Maße, dass die meisten Menschen sie selbst dann befolgten, wenn sie allein waren. Warum? Spürten sie, wenn nicht Gottes Blick, dann den Blick der Autorität? Er wiederum hatte nie das Gefühl, gesehen zu werden. Im Gegenteil, er war überrascht und sogar entsetzt, wenn die Leute ihn bemerkten. Der Blick der Autorität hatte sich so früh auf ihn gerichtet, dass er gelernt hatte, eine Maske zu tragen. Von Anfang an hatte er den Blick als eine Art von Machtausübung begriffen. Sehen, ohne gesehen zu werden – in Gs Augen gab es keine passendere Definition für künstlerisches Schaffen.

Er nahm sich vor, es auf seine eigene Art anzugehen. Er würde ein Ensemble zusammenstellen – es musste nicht einmal aus professionellen Schauspielern bestehen – und beschreiben, was ihm vorschwebte. Die Ensemblemitglieder sollten selbst entscheiden, was sie tun und sagen würden. Er würde ausschließlich natürliches Licht einsetzen, was wahrscheinlich bedeutete, dass die Dreharbeiten im Freien stattfinden mussten. Er würde den Film an einem einzigen Tag drehen, höchstens an zwei. Wenn es zu vermeiden war, würde er das Material nicht bearbeiten. Er überlegte sich Orte, an denen Menschen sich versammelten und gesehen wurden: Straßen, Parks, Strände. Diese Orte würde er nutzen. Das größte Problem stellte vermutlich das Wetter dar.

Er erinnerte sich an die Geschichten, die er vor Jahren geschrieben hatte, Geschichten über junge Menschen in Momenten des Dilemmas und der Erleuchtung. Wie ihm nun bewusst wurde, waren sie eine Blaupause für seine Vision. Weil sie dem Leben entnommen waren, würde er sie problemlos als echte Erlebnisse inszenieren können. Kein

Wunder, dass der Verleger sie abgelehnt hatte. Die verletzliche Unwissenheit des Lebens selbst würde sie beseelen. Regie führen wollte er nicht; er wollte einfach nur zuschauen.

Die Sparsamkeit und Schlichtheit des Verfahrens erlaubte es G, nicht nur einen Film zu drehen, sondern eine ganze Reihe. Kein einziger stach besonders hervor oder sorgte für Aufruhr. Seine Filme flossen leise in die Welt hinaus und mündeten ganz natürlich im Strom des Lebens. Die sich darin entfaltenden Situationen hatten weder einen klaren Anfang noch ein klares Ende. Eine Situation entstand, erblühte und löste sich im Laufe eines oder weniger Tage wieder auf. G war inzwischen alt genug, um zu wissen, dass diese Situationen, dieses Aufblühen, das in der Jugend wie Zufälle in einer voranschreitenden Lebensgeschichte erscheint, in Wahrheit das Leben selbst war. In den Momenten der Hoffnung, der Erwartung, der Enttäuschung und des Vorspiels findet das echte Leben statt, bevor der Wille sich anschickt, das Selbst der Konformität zu unterwerfen.

Auffällig war, dass Gs Filme meist um die Versuche einer jungen Frau kreisten, trotz der Verschlagenheit und der Besitzansprüche der Männer frei und authentisch zu leben. Er staunte darüber, dass seine Schauspielerinnen immer wieder und ganz selbstverständlich eine Sprache – die passenden moralischen Begriffe – für diesen Kampf fanden. Im Grunde ihres Herzens wusste die junge Frau, dass die Freiheit, die sie sich wünschte, am Ende unerreichbar war. Und die Männer, die ihren Wunsch nach Freiheit nachvollziehen konnten, waren nicht die Männer, die sie begehrte.

Mit der Zeit machte G sich durch seine kleinen, hausgemachten Tragödien einen Namen. Doch selbst nachdem der Erfolg sich eingestellt hatte, hielt er an seiner Arbeitsweise und an seinem Pseudonym fest. Niemand wusste etwas von seinen Lebensumständen, seinem richtigen

Namen, seiner Frau und den Kindern oder seiner Verbindung zu dem berüchtigten Bruder. Niemand wusste, was er eigentlich wollte oder warum er so arbeitete. Die Leute wussten nur, was er sah.

Plötzlich konnten wir den Kapitalismus nicht mehr ertragen. Seinen Einfluss auf unser Leben, das er schleichend zu einem Gefängnis gemacht hatte, fanden wir abstoßend. War unsere Mutter eine kapitalistische Funktion?

Wir hatten von Anfang an entschieden, dass die Erzeugung von Wünschen alle Probleme von Wahrheit und Begrenzung verschleiern würde. Konnten wir uns an die Zeit vor dieser Entscheidung erinnern? Nur bruchstückhaft. Unser Mund und unser Körper sehnten sich nach Empfindungen. Aus dem Abstand zwischen unseren Bedürfnissen und ihrer Befriedigung ergab sich eine schreckliche Spannung. Wir entdeckten, dass es Bedürfnisse gab, die wir selbst erschaffen und befriedigen konnten. Noch später fanden wir heraus, dass sich dieser Kreislauf, der nie zu einer Veränderung der Umstände führte, sondern sie lediglich erträglich machte, durch unseren Willen ausweiten ließ. Allmählich begriffen wir, dass unsere Bedürftigkeit uns lähmte, denn sie machte uns starr und verschlossen. Unser Körper erschien uns unannehmbar und schwerfällig, wie eine Last, die wir für immer mit uns herumschleppen würden. Manchmal glaubten wir, wir könnten nur frei sein, wenn wir uns von dieser Last befreiten. Offenbar fehlte es uns an etwas Grundlegendem, dem wir unermüdlich hinterherjagten. Falls es so war, blieb seine Natur ein Geheimnis. Was uns quälte, konnte niemand sehen. Doch anstatt uns in die Flucht zu schlagen, schien diese Qual uns nur noch stärker zu binden.

Die Liebe kam uns vor wie eine Fremdsprache. Was kostenlos war, wussten wir nicht zu schätzen. Dass manche Dinge nichts kosteten – Sex, Gespräche, der Geruch von Gras im Sommer –, verunsicherte uns. Wir strebten danach, es zu einer Dienstleistung zu machen und Ergebnisse zu erzielen. Doch anscheinend gehörte es allen; wir konnten es nicht für uns behalten. Als uns Liebe angeboten wurde, eine spezifische Liebe nur für uns allein, konnten wir nicht widerstehen. Auf die Frage: Ist es das, was du willst?, gab es nur eine Antwort: Ja. Einfach so etwas zu bekommen, war nach unserer Erfahrung beispiellos. Wie hätten wir es ablehnen können? Im System der Liebe, das begriffen wir schnell, behielt das Kostenfreie einen Anschein von Freiheit, selbst wenn es in Wahrheit in Besitz überging. War die Liebe selbst ein System des Besitzens? Oft gewannen wir den verwirrenden Eindruck, die Liebe könnte die Freiheit verabscheuen und sie gleichzeitig verkörpern wollen. Aber da es sich um eine Fremdsprache handelte, konnten wir uns niemals sicher sein.

Anhand des Systems der Liebe errichteten wir eine Besitzstruktur. Unsere Gefühle bewohnten diese Struktur und versuchten, sich darin zu reproduzieren. Sie strebten nach Vertrautheit und nach Echtheit. Sie legten es auf Wiederholung an. Einige unserer Gefühle waren vorzeigbar und ließen sich öffentlich ausstellen, andere spukten auf dem Dachboden oder im Keller herum. Unser Leben kam uns wie eine Geschichte vor, schon seit geraumer Zeit. Laut der Geschichte war die Vergangenheit ein dunkler Ort des Unwissens, von dem wir uns selbst in Richtung Zukunft schoben. Die Routine aus Bedürfnis und Befriedigung bescherte uns ein Interesse an der Zukunft. Die Zukunft schien ein größeres Ausmaß von Befriedigung zu verheißen und verstärkte unser Begehren. Unsere Visionen davon fassten wir in Worte. Wir erschufen sie pausenlos und machten uns auf den Weg, kamen aber nie an. Oft gab der gegenwärtige Moment nach – die Brücke in die Zukunft – und stürzte ein, noch während wir uns darin befanden. In dem Fall mussten die Bauarbeiten von Neuem beginnen. Unser Interesse an der Zukunft ähnelte dem Glauben, und die Menschen, die um uns herum existierten und uns vielleicht sogar liebten, waren von der Stärke dieses Glaubens beeindruckt. Sie hörten sich unsere Zukunftsvisionen an und trugen manchmal etwas bei. Doch von den Anstrengungen, die es brauchte, um dorthin zu gelangen, hatten sie meistens schneller genug als wir. Anders als wir interessierten sie sich für die Vergangenheit, die sie nostalgisch machte. Unter ihnen brach die Gegenwart nie zusammen, denn sie wurde durch ein Element – Liebe – gestützt, das wir nicht verstanden. Wir wollten liebevoll sein, aber wenn die Schritte vom Dachboden und aus dem Keller zu laut dröhnten, verloren wir mit der Liebe die Geduld. Uns trieb es voran, in die Zukunft.

Wir erwarben Dinge, benutzten sie und warfen sie weg. Das Wegwerfen gefiel uns am besten, weil es sich anfühlte, als entsorgten wir einen schlechten und belastenden Teil unserer selbst. Vorübergehend erzeugte es den Eindruck, wir könnten unseren Körper loswerden. Manchmal spürten wir, dass wir wider die Natur lebten und im Gegensatz zu ihr standen. Das manifestierte sich in einem unerträglichen Gefühl von materiellem Chaos und Unordnung, für das wir aber meist eine materielle Lösung fanden. Die von uns errichtete Struktur und die Geschichte, die wir uns erzählten, stellten uns genauso bloß, wie sie uns gefangen hielten. Ganz selten fragten wir uns, wer wir eigentlich waren. Wir sahen unsere Mutter und fühlten vage, dass wir nichts waren als eine Reaktion auf ihren Charakter. Nach unseren Besuchen wurde uns schwindelig vor Erleichterung darüber, von ihr weggekommen zu sein. Vor uns stiegen die Möglichkeiten der Freiheit auf, als hätten wir die ganze Zeit etwas besessen, eine bis zu diesem Moment übersehene Alternative zu uns selbst. Doch nach einer Weile stellte sich ein kaltes Gefühl der Vernachlässigung ein. Ohne ihren prüfenden Blick fühlte unser Leben sich unwirklich an.

Mit der Geburt unserer eigenen Kinder brach eine Ära an, die sich anfangs durch Ergebnisse auszeichnete. Unsere Kinder – unser Ergebnis – waren nicht, was wir erwartet hatten. Von Beginn an schienen sie mehr zu wissen als wir. Offenbar bargen sie ein Wunder, einen Lebensfunken, den wir in uns selbst nie wahrgenommen hatten. Ohne zu fragen, ergriffen wir für sie Partei – wogegen, wussten wir nicht genau. Wir waren stolz auf unsere Ergebnisse. Wir hatten nicht das Bedürfnis, sie loszuwerden. Keinen Grund, sie zu beenden. Unser Interesse an der Zukunft ließ nach, und jeder Tag wurde zur Summe seiner Teile. Denn tatsächlich schienen unsere Kinder die Zukunft in sich zu tragen, und unser Wissen über sie, das beständig wuchs, entpuppte sich als das Wissen über das, was bereits existierte. Wie würde unsere Mutter auf unsere neue Loyalität reagieren? Wir glaubten, auch sie würde von den Kindern lernen und von ihrer wundersamen Weisheit profitieren. Doch als wir ihr die Kinder anboten, überraschte sie uns mit ihren Urteilen. Sie behandelte sie nicht gleich, befand sie für fehlerhaft und verglich ihre Leistungen. Anders als wir wurde sie von ihnen nicht verwandelt, sondern ging sogar so weit zu behaupten, dass wir nicht richtig mit ihnen umgingen und sie verdarben; und durch diesen großen taktischen Fehler, ihren ersten überhaupt, war ihre Macht über uns plötzlich gebrochen.

Die Kinder lehrten uns zu lieben, und allmählich verstanden wir das Ausmaß dessen, was uns vorenthalten worden war. Zum ersten Mal konnten wir einander lieben, mit einer einfachen Kinderliebe, die aus einer Zeit vor dem Anfang zu uns zurückgekommen war, einer Zeit, an die wir keine Erinnerung hatten und in der wir noch nicht auf Befriedigung und Bedürfnisse angewiesen waren. Der Kapitalismus, dessen Interesse an der Liebe sich auf ihre Verwertbarkeit innerhalb des Besitzsystems beschränkt, wurde durch diese Entwicklung nicht gestärkt, und auch unsere Mutter hatte etwas gegen die neuen Bande der Liebe, die zwischen uns wuchsen. Sie versuchte, sie zu zerstören, doch unsere einfache Liebe konnte die Missverständnisse klären, die ihre Einmischung verursachte. Neuerdings sprachen wir über die Vergangenheit und entdeckten, dass unsere Darstellungen davon zwar voneinander abwichen, im Grunde aber gleich waren. Langsam und stockend ergab sich ein vages Bild. Weil unsere Mutter die Rebellion spürte, ging sie zu einer härteren Taktik über. Einige von uns ließen sich müheloser von ihr kontrollieren als andere, und so kehrte sie Letzteren einfach den Rücken. Zum ersten Mal waren wir in der Lage, uns ein Urteil über sie zu bilden, denn wir konnten beurteilen, was es hieß, sich vom eigenen Kind abzuwenden. Wir wussten, zu so etwas wären wir niemals fähig. Zum ersten Mal erschien uns unsere Unfähigkeit wie ein Segen.

Der Verdacht drängt sich auf, die Produkte des Kapitalismus könnten nicht für die Ewigkeit bestimmt sein. Die Lebenszeit unserer Mutter war die Lebenszeit des Kapitalismus. War sie selbst eine Ware?

G kehrte nach Hause und an das Bett seiner schwerkranken Mutter zurück. Er hatte viel gearbeitet und sie ungewöhnlich lange nicht besucht. Folglich schien er die Schuld an dem vertrockneten Körper zu haben, der weiß und gewichtslos dalag wie die brüchigen Samenkapseln, die vor dem Fenster aus einer Platane rieselten. Seine Mutter machte sich allein durch ihre lauten, angestrengten Atemzüge bemerkbar. Das Verhalten seines Vaters wurde unberechenbar. Er stellte sich ans Fußende des Betts und befahl ihr mit lauter Stimme, aufzustehen und das Mittagessen zu kochen. Aber sie hörte ihn nicht und stand nicht auf. Der Vater war nicht in der Lage, sich um einen anderen Menschen zu kümmern, und seine Kommunikation beschränkte sich auf das Erteilen von Befehlen.

G fuhr mit dem Rad in die Stadt, um Medikamente zu besorgen. Die Stadt sah mehr oder weniger so aus wie in seiner Jugend, bloß dass sie jetzt voller Autos war. G hasste Autos, und sein Hass war leidenschaftlich. Er wäre niemals in ein Auto gestiegen, nicht einmal in ein Taxi. Es lag nicht nur daran, dass sie hässlich waren und Schmutz verbreiteten; sie stießen ihn ab, weil sie den entscheidenden Schritt der Menschheit weg von der Natur bedeuteten. In seinen Augen hatten sie die Macht, Selbstbeherrschung, Sinnlichkeit und die Intimität selbst zu zerstören. Auch seine Zukunft als Chronist sah er durch sie bedroht. Er würde von Menschen in Autos zurückgelassen werden. Seine Filmfiguren, nicht nur im Geiste Spaziergänger, würden in Krach und Staub verschwinden.

Er saß bei seiner Mutter am Bett und strich ihr über die knochige Stirn und das dünne, seidenweiße Haar. Ihre Augen waren geschlossen, deswegen konnte er sie betrachten, so lange er wollte. Zum ersten Mal im Leben hielt ihn nichts davon ab. Er wanderte in ihrem Gesicht herum wie in einem Regierungsgebäude, zu dem die Öffentlichkeit nun endlich Zutritt hatte. Seine Mutter und sein Vater hatten sich den Kindern gegenüber als Teil einer übergeordneten

Autorität ausgegeben, deren Handlungen unpersönlich waren. Nun fragte er sich, was sie in Wahrheit empfanden und ob sie bei der Durchsetzung dieser Ideale und Vorschriften jemals ein Gefühl für sich selbst entwickeln konnten. Folglich überraschte es ihn, als sein Vater beim Mittagessen, das G für ihn zubereitet hatte, Gs Bruder für den lebensbedrohlichen Zustand der Mutter verantwortlich machte. Vor Kurzem hatte der Bruder einen ungeschönten Bericht über seine Kindheit veröffentlicht. Die Eltern wurden darin als Regime dargestellt – viel grausamer und schuldiger noch als in Gs Erinnerung –, das im Grunde darauf abzielte, seine Untergebenen zu entmündigen und zu vernichten. Die Fixierung des Bruders auf seinen starken Mangel an Selbstakzeptanz, den die Welt als abnormale Sexualität wahrnahm, brachte ihn dazu, mit voller Wucht zurückzuschlagen, mit Anklagen und Schuldzuweisungen. Ganz offensichtlich hatten die Eltern das Buch gelesen, denn er hatte es unter seinem Namen veröffentlicht. Die Mutter, erzählt der Vater nun, sei stolz auf die Leistungen des Bruders gewesen, aber es wäre ihr niemals in den Sinn gekommen, die Verbindung zu sich selbst zu sehen. Der Schock bringe sie um. Welcher erwachsene Mann laufe herum und gebe seiner Mutter die Schuld?

G sagt dem Vater nicht, dass der Bruder regelmäßig an Debatten teilnimmt und sogar im Fernsehen auftritt, wo er seine Eltern verleumdet und sexuelle Freiheit für Kinder fordert. Er gehört einer Gruppe von Intellektuellen an, die der Ansicht sind, körperliche Lust unterliege der Selbstbestimmung und solle von allen Konventionen befreit werden. Mit der geforderten Freiheit der Kinder meinen sie tatsächlich die Freiheit von Erwachsenen, mit Kindern Geschlechtsverkehr zu haben. Die Vorstellung schockiert die Leute und widert sie an, aber Gs Bruder verbringt mit diesen Leuten keine Zeit. G lässt sich auf die Debatte nicht ein. In seinen Augen ist ein Erwachsener lediglich ein verdorbenes Kind, das Waffen – und später auch Krücken – verwendet, die die Gesellschaft ihm bereitwillig zur Verfügung stellt. Mehr sieht er nicht, nur das Kind im Körper des Erwachsenen, verkrüppelt und verdorben durch Geld, Angst, Völlerei, Konformität und Sucht. Selbst das Kind in seiner Mutter kann er sehen, wie es sterbend im Bett liegt. Wie, fragt er sich, sind wir so böse geworden? Offensichtlich kann man sein ganzes Leben hinter sich bringen und kein einziges Mal merken, dass das wahre Selbst zerstört wurde, nicht nur theoretisch, sondern gewöhnlicherweise. Diesen fortwährenden Verlust der Unschuld, der sich durch kaum wahrnehmbare Gesten und Interaktionen vollzieht, verfolgt G in seinen Filmen ebenso behutsam wie obsessiv. Im Mittelpunkt seiner Dramen steht häufig eine Person, die sich als unbestechlicher erweist als andere Menschen und die sich durch eine leuchtende, resiliente Unschuld auszeichnet. Das Leid und die Entwicklung dieser Person sind Gs eigentliches Thema. Er hat keine Zweifel daran, dass er seine Beobachtungen nur aus der Anonymität heraus machen kann. Aus diesem Grund nimmt er am Spiel des Lebens nicht teil. Er ist ein Spion; sein Ego ist im Exil, auf Abstand. Wie ein Spion hat er das Problem, dass er nicht selbst handeln kann – er muss nur sicherstellen, dass er dabei ist, wenn gehandelt wird.

Die Idee, dass Gs Bruder die Mutter umgebracht hat, verfängt beim Vater so gründlich, dass er sie bald für eine Tatsache hält. Er selbst übernimmt keine Verantwortung. Der Anblick des welken, stummen Körpers der Mutter und ihr Rückzug aus der Arena ist für ihn so inakzeptabel, dass er jemandem die Schuld geben muss, und er wurde darauf konditioniert, alles und jeden zu beschuldigen außer sich selbst. Er erkundigt sich nach Gs Lehrerjob und seinem Leben in der Provinzstadt, die er immer noch für Gs Wohnort hält. Er hat noch nie Interesse gezeigt; sein ganzer Ehrgeiz hatte sich auf Gs Bruder konzentriert. Jetzt dreht und windet er sich wie jemand, der aufs falsche Pferd gesetzt hat. G kann seinen Vater kaum ertragen. Er fragt sich, ob er sich die ganze Mühe gemacht und seine Identität verborgen hätte, wenn seine Mutter nicht gewesen wäre. Am Ende war es vielleicht gar nicht nötig; vielleicht hätte sie ihn, wäre es ihr erlaubt gewesen, sich auf ihre Weise um ihn zu kümmern, akzeptiert und sogar beschützt. Stattdessen hat sie ihre Unterdrückung an ihn weitergegeben, und auch die ihr angetane Grausamkeit. G verabscheut die Männer und alles, was sie sind. Er hält Frauen für die eigentlichen Schöpfer. Ihre Motivation ist es, zu geben, und während sie großzügig erschaffen, machen sie sich ungewollt zu Sklavinnen und Handlangerinnen. Die Schöpfung der Männer, die gar keine Schöpfung ist, sondern nur eine Form des Eroberns, widert ihn an.

Der Arzt kommt. Die Mutter wird nicht genesen. Sie wird nie wieder das Bett verlassen und die Hausarbeit wiederaufnehmen. Sie ist an einem anderen Ort, in einem Niemandsland zwischen Leben und Tod, aus dem es keine Rückkehr gibt. Keiner weiß, wie lange sie dort bleiben muss. G macht ein paar Telefonate und ändert seine Pläne. Er sitzt am Bett und wartet, während das Licht von einer Ecke des Zimmers in die andere wandert.

Viele der Dinge am Sterbebett unserer Mutter gab es, solange wir denken konnten. Als wir das Zimmer betraten und die Dinge sahen, konnten wir sie besser wiedererkennen als unsere Mutter. Sie schienen unsere Mutter zu enthalten. Die Dinge waren verlässlicher und beständiger als sie. Dass sie sterben würde, erschien unmöglich, denn sie hatte nie die Wahrheit gesagt; aber die Dinge erzählten eine eigene Wahrheit. Ihre Existenz in der Welt stimmte mit ihrer Existenz in unserer Erinnerung überein. Unsere Mutter hatte sich eingebildet, sie wäre stärker als die Dinge und könnte sie besitzen, doch die Übereinstimmung bedeutete ihre Niederlage. Es waren die Dinge, die an sie erinnern würden.

Wir waren wieder in unserem Elternhaus, wie damals als Kinder, außer dass unsere Körper inzwischen die gebrauchten Körper von Erwachsenen waren. Wir hatten Angst. Trotz der Angst fehlte uns die blitzartige Schnelligkeit und die Leichtigkeit der Kinder und auch die Fähigkeit, sich zu verstecken. Wir liefen betreten herum, hatten zerknitterte, gerötete Gesichter und sprachen mit schrillen Stimmen, und im Licht unserer Angst fanden wir das Verstreichen der Zeit furchtbar und unbegreiflich. Wir hatten uns vor dem Verlassenwerden immer gefürchtet, aber dass es nun tatsächlich so weit war, traf uns unvorbereitet. Wir versammelten uns vor Türen, in Korridoren und Nischen, nur um uns wieder zu zerstreuen. Wir setzten uns nie. Die Schlafzimmertür machte uns große Angst. Wir waren immer noch die Kinder der Gestalt, die hinter dieser Tür im Bett lag. Unsere Angst vor ihr und die Angst vor ihrem Tod waren kaum noch unterscheidbar.

Sie trug ein Nachthemd, lag im Schlafzimmer wie auf einem Sockel und sah aus, als würde sie geopfert. Hatten wir es so verlangt? War ihr Sterben unsere Schuld und unser Wunsch? Ihr Gesicht war eine der Zimmerdecke zugekehrte Knochenmaske. Ihr dünnes, verfilztes Haar lag auf dem Kissen ausgebreitet. Wir hatten das Gefühl, dass wir sie nicht kannten und dass sie zu kennen unmöglich war. Anscheinend sollten wir sie retten, aber wir waren Kinder;

wir hatten nicht die Macht, jemanden zu retten. Sollten wir uns um sie sorgen? Wer würde sich, wenn sie nicht mehr war, um uns sorgen? Wir erinnerten uns an einen Tag, als wir noch klein waren und sie sich sehr unglücklich fühlte. Unser Vater war bei der Arbeit. Sie lag im Nachthemd auf dem Bett und weinte, und wir standen um sie herum und versuchten, sie zu trösten. Wir konnten uns an den reinen Kummer und an das Mitleid erinnern, die wir in dem Moment empfanden. Und nun standen wir wieder um ihr Bett herum und bemerkten den Verlust dieser Reinheit. Sie war vergeudet worden, vielmehr hatte unsere Mutter sie vergeudet. Wir erinnerten uns an die Reinheit des Gefühls.

Unser Vater wurde fahrig und sogar gewalttätig; er war auf den Kopf gestellt worden. Er verhielt sich wie eine schlecht funktionierende Maschine. Er stand am Fußende des Bettes und brüllte unsere Mutter an. Er ärgerte sich über die Pflegerinnen, die in ihren Autos kamen und wieder verschwanden. Er sprach von dem Essen, das er wollte und nicht kriegte. Nachts lief er durchs Haus, schaltete die Lichter ein und drehte den Fernseher auf volle Lautstärke. Ganz offensichtlich schlief er weiterhin in dem Bett, in dem auch unsere Mutter lag. Im Gegensatz zu uns saß er tagsüber aber nicht daneben. Wann immer wir aus dem Schlafzimmer kamen, wollte er wissen, ob sie schon gestorben sei. Anscheinend wollte er sie nicht retten. Er war wie ein Tier, das aus seinem Bau gescheucht wurde; ihr Rückzug lieferte ihn aus. Genau wie sie hatte er den Tod kurzzeitig mit Freiheit verwechselt. Er sprach von Unternehmungen, an denen sie ihn gehindert hatte und die er für die Zeit nach ihrem Tod plante. Dabei war es für solche Unternehmungen zu spät.

Sie atmete langsam und geräuschvoll. Zwischen manchen Atemzügen ergaben sich längere Pausen, und wir wunderten uns, ob sie gestorben war. Aber dann atmete sie weiter, und die Frage nach dem Tod erschien uns noch komplexer und undurchsichtiger. Mit dem Tod kannten wir uns nicht aus. Wir wussten nicht, wie man stirbt. Was, wenn das Ende sich nicht natürlich ergab? Fehlte es hier an Fähigkeiten oder an Bereitwilligkeit? Je länger wir dort saßen und auf die mechanischen, ziellosen Atemzüge lauschten, desto deutlicher offenbarte sich die Abwesenheit des Natürlichen. Die Natur war nicht an diesem Sterbebett, sie war nicht in diesem Zimmer und noch nicht einmal in der Nähe; sie war hier seit vielen Jahren nicht mehr gesehen worden und niemand hatte nach ihr gefragt. In der Tat hatten wir überhaupt keine Erinnerung an die Natur, vermutlich wussten wir deshalb nichts über den Tod. Der Umgang mit unserer Mutter hatte nichts Natürliches an sich gehabt. Man hatte uns gelehrt, die Natur zu unterdrücken und die natürlichen Funktionen unseres Körpers als widerlich zu erachten. Wie sollten wir den Tod heraufbeschwören? Hin und wieder öffnete sie die Augen, und dann zeigte sich ein Schimmer ihres Bewusstseins. Wir hatten davon gehört, dass Menschen im Moment des Todes ein größeres Geheimnis offenbart wird, das Geheimnis des Lebens. Angeblich handelt es sich um einen Moment der Offenbarung. Doch in ihren Augen war von Offenbarung keine Spur. Wir sahen dort nichts als die Überreste der Kontrolle, die sie über die Geschichte ihres Lebens ausgeübt hatte. Das Problem war die Auslöschung der Erzählerin. Wie sollte sie die Geschichte ihres eigenen Todes erzählen?

Wir dachten, vielleicht könnte die Liebe ihr aus diesem Dilemma helfen. Die Liebe sollte ihr zeigen, wie man stirbt. Während wir an ihrem Bett saßen, versuchten wir, ihr Liebe zu geben, wie wir in einer Fremdsprache mit ihr kommuniziert hätten – unbeholfen, aber notgedrungen.

Wir kamen uns lächerlich vor, meinten es aber ernst. Uns fiel auf, wie selbstverständlich wir uns in unserer eigenen Sprache der Liebe ausdrücken konnten; in der Liebe zu unseren Kindern gab es beispielsweise weder Unbeholfenheit noch Zurückhaltung. Warum liebten wir unsere Kinder? Wie konnten wir die Sprache der Liebe sprechen, obwohl niemand sie uns vererbt hatte? Vielleicht beherrschten wir sie nur schlecht und machten uns dabei lächerlich. Auf einmal fanden wir es schrecklich, wir selbst zu sein, so ganz ohne Abstammung von der Liebe und ohne Sprache. Nach und nach hörten wir auf, ihr unsere Liebe anzubieten. Wir stellten die unbeholfenen Liebkosungen und die unnatürliche Ausdrucksweise ein. Wir verstummten, während das mechanische Atemgeräusch weiterging.

Die Pflegerinnen hatten gesagt, sie werde bald sterben, aber die Tage vergingen und sie starb nicht. Anscheinend handelte es sich hier nicht um ein Problem der Natur oder der Liebe, sondern der Wahrheit. Die Wahrheit lautete, dass sie aufgehört hatten, ihr Nahrung zu geben. Sie bekam auch keine Flüssigkeit mehr. Obwohl unklar blieb, warum ihr Körper von allein sterben sollte, hatte der Nahrungsentzug unvermeidlich Folgen. Anscheinend starb sie am Sterben, sie starb, weil es so beschlossen worden war und weil sie in der Abwesenheit von Liebe und Natur keinen Grund zum Weiterleben hatte. Niemand schlug vor, ihr Nahrung oder Flüssigkeit zu geben. Niemand war der Meinung, sie sollte sich bemühen, angesichts des Todes menschlich und wach zu bleiben. Der Tod kam nicht, aber mit seinem Ausbleiben bot sich ein Ersatz an: die Entsorgung.

Wir gingen und kehrten in unser Leben zurück. Wir überließen sie den Entsorgungsbeauftragten, den Pflegerinnen und unserem verwirrten Vater. Wie man uns sagte, hatte er sich eines Abends ins Bett gelegt und bemerkt, dass sie gestorben war; er hatte sich neben ihr ausgestreckt und war eingeschlafen. Als wir von ihrem Tod erfuhren, fühlten wir nichts, und da begriffen wir, dass nichts zu fühlen das Tragischste war, was uns hätte passieren können, legte es doch die ganze Tiefe und Weite des Nichtgefühls auf eine Weise frei, die uns auszulöschen schien. Weil ihr ganzes Leben eine freie Erfindung und ein Konstrukt gewesen war, mangelte es uns an einem Fundament in der Wirklichkeit. Sie hatte uns belogen, und sei es nur, indem sie nicht die Wahrheit sagte beziehungsweise zuließ, dass wir von ihr belogen wurden. Wenn wir ebenfalls gelogen und damit verhindert hätten, dass sie uns sah und durchschaute, wäre es vielleicht unsere Rettung gewesen. Stattdessen hatten wir uns mitsamt unseren Bedürfnissen vor ihr entblößt. Wir hatten ihr unser Bedürfnis nach Natur, Liebe und Wahrheit gezeigt, und unseren blinden Glauben an sie als Vertreterin all dessen. Wir hatten gehofft, dass sie sich eines Tages als diese Stellvertreterin erweisen würde. Wir hatten den vagen Eindruck, dass sie ein Produkt der Erfahrungen war, die sie geprägt hatten, aber ihr tätiges Selbst, ihre Seele, blieb eine quälende Möglichkeit. Wir hatten geglaubt, eines Tages würde sie aus dem Artefakt ihres Körpers heraustreten, und dann könnten wir ihre Seele sehen.

Nach der Beerdigung widmeten wir uns wieder dem Alltag. Wenn wir irgendwo erwähnten, dass unsere Mutter gestorben war, reagierten die Leute besorgt und mit einem verstörenden Mitgefühl. In solchen Momenten spürten wir Trauer, oder etwas, das der Trauer ähnelte. Es war, als würde in unserem Inneren brutal eine rostige Klinge umgedreht. Wir betrauerten den Umstand, dass nichts verändert oder gelöst worden war und dass wir keine Gelegenheit mehr hatten, etwas zu ändern oder zu lösen. Ein dunkles Wissen erfüllte uns; ganz kurz war es aufgetaucht, aber dann hatte das Wasser der Zeit sich wieder darüber geschlossen.

Wir mussten eigenen Aufgaben und Verpflichtungen nachkommen. Wir gingen auf eine Geschäftsreise. In einer nördlich gelegenen Stadt hatten wir frei und besuchten ein Museum. Es war schon spät am Tag, eine halbe Stunde vor der Schließzeit, also überlegten wir uns, die temporäre Ausstellung anzusehen. Zu unserer Überraschung kannten wir den Künstler nicht, dann wiederum gab es nichts zu wissen; er war praktisch anonym. Man hatte seine Werke jahrhundertelang mit denen eines berühmten Künstlers derselben Schule verwechselt, und als die Verwechslung auffiel, lag sein Wirken zu lange zurück, um noch rekonstruierbar zu sein. Etwaige Hinweise ließen sich nur noch in seinen Bildern finden. Die Bilder zeigten Innenräume und Straßenansichten. Sie wirkten sehr unheimlich, was teilweise auf ihre Entstehung durch unbekannte Hand zurückging und teilweise auf die eigenwilligen Motive. In vielen der Szenen schien nichts zu passieren, ihnen fehlte die Förmlichkeit des abgebildeten Moments. In einem saß eine Frau mittleren Alters allein in einem leeren Zimmer und las. Der schmucklose Raum war hell erleuchtet, die Fenster im Hintergrund waren dunkel; eine Abendszene. Die Frau war drall, elegant gekleidet und in ihr Buch vertieft. Ihr Alleinsein war von kaum darstellbarer Art, wie es nur eine Überwachungskamera festhalten kann. Sie war in sich versunken und kümmerte sich nicht darum, wie man sie sah. Ihre Gleichgültigkeit war uns seltsam vertraut. Wie konnte sie auf diese Weise beobachtet werden, wenn sie doch allein war?

Erst nach einer Weile bemerkten wir in einem der Fenster ein Gesicht. Es war das Gesicht eines kleinen Kindes, das draußen in der Dunkelheit stand. Der Junge schaute herein und sah sie, wovon sie aber nichts merkte. Sie war zu gleichgültig, um etwas zu merken; er war ihr egal. Trotzdem wollte er etwas, nur deshalb stand er draußen in der Dunkelheit und wartete. Er wollte, dass sie sich umdreht und ihn sieht. Ein anderes Bild zeigte dasselbe Zimmer, wieder war Abend, aber diesmal saß dort eine andere Frau. Sie lehnte sich dem dunklen Fenster entgegen und kehrte uns den Rücken zu. Hinter dem Fenster war abermals das Gesicht des Kindes zu erkennen, das allein in der Dunkelheit stand. Die Frau winkte ihm durch die Scheibe zu, sie presste Hand und Gesicht nahezu daran und brachte in ihrer Freude den Stuhl fast zum Kippen. Das Kind lächelte. Angeblich war es das einzige Gemälde jener Schule, das eine vorgebeugte Frau am Fenster zeigt. Die Seltenheit der Liebe hatten wir auch so erkannt.

Am darauffolgenden Morgen standen wir in unserem Hotelzimmer am Fenster und verfolgten die eigenartige Verwüstungsarbeit der Dämmerung, die unermüdlich neues Licht auf altes Scheitern warf. Wir begriffen, dass wir keine Gelegenheit mehr bekommen würden, uns zu verkleiden und zu verwandeln. Der körperliche Tod unserer Mutter bedeutete, dass wir sie nun, da sie keine eigene Hülle mehr hatte, in uns trugen. Sie lebte in uns, wie wir damals in ihr gelebt hatten. Die Glasscheibe zwischen ihr und uns, zwischen äußerer Dunkelheit und innerem Tag, war zerschlagen worden. Wir sahen die Veränderung in ihrer ganzen Hässlichkeit und nahmen sie an, diese vermüllte Welt, in der nun die Wahrheit lag. Diese graue Wirklichkeit, das Zusammentreffen von Dunkelheit und Licht in den Scherben, war unser Anfang.